1
大崎アイル
Illustration
kodamazon
The Master Swordsman's Story
Starts with the Zero Ability to Attack.
攻撃力ゼロから始める剣聖譚
幼馴染の皇女に捨てられ魔法学園に入学したら、
魔王と契約することになった

「――大丈夫？」
私を心配そうに見つめてくるのは、
すらりとした優しそうな青年だった。
私は勇気を振り絞って、話しかけた。

「あ、あの……助けてください」

――弐天円鳴流『雷の型』

ケルベロスが重心を低くし、
獲物を狙うようにこちらを睨む。
俺も相手に集中する。
雑念の一切を排除する。
伝説の魔王から借り受けた力。
負けは、
許されない。

ふふふ……ユージンくんは
女のことはどれくらい
知ってるのかしら？

（…………え？）
魔王エリーニュスの長い指が、
俺の頬を撫で、唇を優しくつまんだ。
その仕草にどきりとする。
そして気がつくと、
俺は魔王エリーニュスに
唇を奪われていた。

INDEX

The Master Swordsman's Story Starts with the Zero Ability to Attack.

攻撃力ゼロから始める剣聖譚 1

～幼馴染の皇女に捨てられ魔法学園に入学したら、魔王と契約することになった～

大崎アイル

OVERLAP

イラスト／kodamazon

プロローグ／魔王との出会い　その一

――魔王エリーニュス。


かつて南の大陸を支配していた者の名前である。

万人を狂わせる美貌を持ち、その口から紡がれる麗声には何人《なんぴと》も抗《あらが》えない。

別名、堕天の王とも呼ばれる天界より堕《お》ちた大天使長。

千年前に救世主アベルとの戦いで敗れ、最終迷宮《ラストダンジョン》の地下にある封印の牢獄《ろうごく》で眠り続けていると言われている。

そんな逸話は、南の大陸の民なら誰だって知っている。

俺――ユージン・サンタフィールドも、幼子の頃から何度も聞かされた。

魔王エリーニュスは絵本に出てくるおとぎ話であり、遠い世界の伝説の存在……のはずだった。

◇

「あの……、ユーサー学園長。本当にこちらの生徒を『禁忌』の……第七の封印牢に同行させるのですか？　いくらなんでも危険過ぎると思うのですが……」

心配そうに尋ねるのはリュケイオン魔法学園の若い先生だ。

訳あって地元を離れ、南の大陸の中央に位置する迷宮都市《ダンジョン》にあるリュケイオン魔法学園に入学した俺は、初日に先生に呼び出された。

「心配はいらぬよ。何かあれば私が責任をもつ」

「学園長がそうおっしゃるのであれば、これ以上は言いませんが……」

俺の目の前で、不穏な会話が繰り広げられている。

「あの……これから俺はどこへ行くんでしょうか？」

「行けばわかるさ。ユージンくん、我々についてきたまえ」

「はぁ……」

俺は学園長と若い先生に連れられ学園の裏手にある巨大な黒い門の前にやってきた。

ズズズズ……、と大きな門からは不気味な魔力《マナ》が漏れ出ている。

もしかして、これは穢《けが》れた魔力《マナ》とも言われる瘴気《しょうき》ではないだろうか？

「す、すいません……、学園長。これ以上は私は進めませんっ……！」

気がつくと学園長と一緒にいた先生は、後ろの方で立ち止まっていた。

学園長は小さくため息を吐《つ》くと、俺へ興味深そうな視線を向けた。

「ユージンくん。君はなんともないのか？」

「え？」

尋ねられ、首をかしげる。辺りを見回し、自分の身体《からだ》を眺めた。何も異常は無い。

学園長が何を心配しているのか、わからなかった。

「ふふふ……、思った通りだ。昔冗談で作った白魔力《マナ》特化の魔法使い専用の試験に唯一合格した生徒だからな。君なら第七の封印牢にも入れると思っていた」

学園長は何がそんなに嬉《うれ》しいのか、ニコニコしている。しかし、俺には気になることがあった。この不気味な黒い門の奥には一体、何がいるのか？

迷宮《ダンジョン》都市には、とある言い伝えがある。千年前、伝説の勇者と魔王との決戦の地。

そして、現在も魔王が封印されているという伝説だ。

「学園長、この先には……」

俺が質問しようとした時。

…………ゴゴゴゴ……ゴゴゴゴゴゴ……ゴゴ……

地面が揺れた。昨日からよく起きている地震だ。

「ひぃ……、また魔王がっ……！」

後ろで先生が尻もちをついている。学園長がそれを困った顔で眺めた。

（……魔王？）

俺は先生の言葉が気になり、学園長の顔を見た。

学園長もこちらを真っすぐ見つめている。

「さて、ユージンくん。ここで君に伝えておくべきことがある」

「は、はい」

学園長の全身から発する魔力《マナ》と闘気《オーラ》にやや気圧《けお》されつつ、俺は頷《うなず》いた。

「この門の奥には、魔王が封印されている」

「…………っ!?」

息を呑《の》んだ。実際に口にされると、緊張で身体が強張《こわば》る。

魔王——という存在は、南の大陸において馴染《なじ》みがない。

遠く離れた北の大陸には、今も魔王が君臨しているらしいが南の大陸を魔王が支配していたのは、千年も前の話である。

ここ千年、南の大陸において魔王が出現した記録はない。

「昨日から起きている地震は、魔王が封印から目覚めたせいだ」

「……目覚めたっ!?」

思わず大きな声が出た。

「というわけで、その様子を見に行かねばならないのだが……実は、私は前々から魔王から非常に嫌われていてね。封印を管理しているのが私だから当然なのだが……。顔を見せただけで、殺されかねない」

「…………俺にどうしろと？」

南の大陸における最高学府であるリュケイオン魔法学園。そのトップであるユーサー学園長は、大陸随一の魔法使いと言われている。

その人が敵《かな》わない魔王相手に、俺のような一生徒ができることがあるのだろうか。

「魔王エリーニュスは普段は温厚な魔王だ。少年相手に、いきなり襲ってくることはないだろう……多分。私の代わりに、様子を見てきてほしい。勿論《もちろん》、魔王の機嫌をとるための土産は用意している。最悪、それを檻《おり》の前に放り投げてくるだけでもよい」

「別に俺じゃなくても……というか、どうして新入生である俺なんです？」

俺は当然の疑問を口にした。もっと適任はいるだろう、他にも。

俺の言葉に、学園長は重々しく口を開いた。

「そこで尻もちをついている彼は結界魔法が学園で一番得意な教師だ」

「…………え？」

俺は目を丸くして、先生のほうを見た。

「無茶言わないでくださいよ！　数年前なら入れたんですよ！　それを学園長が、色んな世界から神話生物を召喚するから！　第七の封印牢が混沌《カオス》になって誰も入れなくなったじゃないですか！」

先生が怒鳴った。学園長が困った顔になる。

「仕方ないだろう？　面白そうだったんだから」

学園長が悪びれることなく言った。学園長って、もっとこう……、厳格な人をイメージしていたんだけど、思ったより大雑把な人なのかもしれない。

「さて、ユージンくん。お願いしたいことはさっき話した通りだ。勿論、タダとは言わない。魔王にこちらの手土産を渡してきてくれたら、一年分の学費を免除しよう！」

「学費を免除!?」

それは魅力的だ。本来、俺は地元の学校を卒業後に働こうと思っていた。

就職先は、親父《おやじ》と同じ職場。が、それはできなくなった。とある個人的な問題のせいで。

それを親父は快くゆるして……、というか「家でゴロゴロするくらいだったら、国外に出て見聞を広めてこい！」と家を追い出された。

学費は親父が払ってくれたわけだが、本来なら自立しようと思っていたところだから心苦しく思っていた。もし、自力で学費を稼げるなら少しは親父に面目が立つ。

「……わかりました。その任務、引き受けます」

「本気ですか!?　ユージンくん、考えなおしたほうが……」

「それに、伝説の魔王を直接見られる機会を逃せませんから」

半分強がりで、半分本心だった。きっと親父に良い土産話になるだろう。

「よくぞ、言った！　流石《さすが》は剣聖の末裔《まつえい》だ！」

学園長が破顔する。剣聖の末裔というのは、親父が勝手に履歴書に書いた言葉だ。剣聖とは五百年前に東の大陸を一時的に平和にした伝説の人物。うちの家系の元に、その人物がいるらしいのだが……、嘘《うそ》ではないが、証明もできない怪しい経歴だ。

「では、ゆこうか」

学園長がうまく聞き取れない不思議な呪文を口にすると、黒い門はゆっくりと僅かに開いた。学園長がさっと中に入る。俺もそれに続いた。

……ズシン、と門が閉じる。

俺は真っ暗な牢内に目を向けた。魔法のランプが明かりを照らしている。学園長が奥に進む、その少し後を俺は追った。空気が淀《よど》んでいる。息がし辛《づら》い。俺は自分が使える全ての結界魔法を重ねがけした。

…………ズズ…………ズズ…………ズズ……

……テケ……リリ……テケ……リリ……

シャン……シャン……シャン……シャン……

……キャッキャッ！……

……クスクス……クスクス……クスクス……

地下牢は薄暗い。そして至る所で引きずるような音や、不気味な泣き声が聞こえる。

中には人の声ではないか？　というものも混じっている。

「…………ねぇ、あなた。こっちで遊ばない？」

急に耳元で囁《ささや》かれた。思わず振り向くと、そこには誰もいない。

「ユージンくん、それは悪霊の声だ。耳を貸さないように」

「は、はい」

俺はかなりビビりながらも、心を鎮めて学園長の後ろからあとを追った。

しばらく地下を進み、一番奥へとやってきた。

空気が重い。暑くないのに、汗が止まらない。

この奥へ進むのは危険……、本能が訴えていた。

「私はこれ以上進めぬ。魔王に気づかれるからな。ユージンくんにこれを渡そう」

そう言って、学園長は何も無いところから「ぽん」とバスケットを出現させた。

バスケットには、パンとワインの瓶、それから赤い果実が一つ入っていた。

「これが、魔王への手土産ですか？」

簡素だな、と思った。こんなので機嫌が直るのだろうか。

「百年以上ぶりの目覚めで、空腹だろうから食べ物がいいだろう。デザートの果実は『命の実』という珍しい果物だ。手に入れるのは苦労したのだが、仕方ない」

「い、命の実!?」

食べると不老になるという伝説の果実。こ、これが……？

俺が戸惑っていると、トンと肩を押された。

「では任せる。幸運を祈る、ユージンくん」

「わかり……ました、ユーサー学園長」

学園長に促され、俺は一人で地下牢《ろう》の最奥へと向かう。自分の足音がやけに大きく聞こえた。やがて、地下に並ぶどの牢よりも巨大な牢獄の前に俺は立った。

さて、ここからどうしようか。手土産を置いておけばいいのか？……それとも何か声をかけたほうが……、と思い悩んでいると。


「……誰？」


その美しい声に、脳天から冷水をかけられた錯覚を感じた。

俺は声の方向にゆっくりと視線を向けた。

「見ない顔ね、少年《ぼうや》」

血のような真紅の瞳。

雪のように白い肌と、星のように輝く長い髪。

そして、その背にあるのは漆黒の大きな翼。

伝説にある通りの容姿。そして伝説以上の美しさ。

「貴方《あなた》の名前は？」

「ユージン・サンタフィールド……」

「そう、勇ましい良い名ね。こっちへいらっしゃい」

恐怖で身体《からだ》がすくむ。足がわずかに震えている。

しかし、抗《あらが》えない魅力によって、俺は導かれるまま、ゆっくりとその檻の中へ足を踏み入れた。

この出会いが――のちに大陸中を巻き込む騒乱を引き起こし、俺が『剣聖』へ至るきっかけとなってしまうことを、俺はまだ知らない。

一章／ユージンは、学園へ行く

――約一年前。

「そんな……俺の才《アビリティ》が『白魔力《マナ》』だけ……？」

俺は、壇上で呆然《ぼうぜん》とつぶやいた。

グレンフレア帝国軍士官学校の『選別試験』。

十五歳で成人とされる帝国では、選別試験を経て正式な軍人になることができる。

厳しい訓練に耐え、十五歳になった士官学校生徒は、運命の女神様《イリア》より『祝福』を賜る。

女神イリア様から『祝福の才《アビリティ》』を頂くことで、自身の進むべき道が明確になるのだ。

士官学校の成績が『総合一位』である俺――ユージン・サンタフィールドは、周りから大いに期待されていた。そして俺自身も成功を信じていた。

『剣技』『戦術』『指揮』いずれの科目もトップに立ち。

日々たゆまぬ努力を続け、誰よりも強く、優秀な成績を残した。

――なのに……なぜ……？

俺は手元の『選別』カードをぼんやりと見つめた。

透明な『選別』カードを女神像の前にかざすと、所持者の才《アビリティ》を導きの『色』で指し示す。俺の『選別』カードは、真っ白だった。

・白は防御の才《アビリティ》。
・黒は攻撃の才《アビリティ》。
・灰は攻撃と防御が半々の才《アビリティ》。
・赤、橙《だいだい》、黄、緑、青、藍、紫の七つは特殊色で、それぞれ異なる才《アビリティ》がある。
才《アビリティ》が多い者ほど、多くの色が現れる。平凡な者は、灰色になる。

そして、才《アビリティ》に『欠陥』がある者は『真っ白』か『真っ黒』に染まる。

つまり、俺のように……。

「ユージンくん……落ち込むのはわかります。気を強く持って」

俺に目をかけてくれた先生が、励ましてくれる。

が、その眼《め》には明らかに失望の感情が浮かんでいた。

「おい、あとが待ってるんだ。さっさと自分の席に戻れよ！」

士官学校三席であるマッシオが嘲りの声を放ち、俺の肩を押した。

俺は避《よ》けることもできず、ふらふらとその場を離れた。

「よし！　俺は三色だ！」

「ちっ！　二色かよ」

「おい！　五色が出たらしいぞ！」

「まじかよ！」

クラスメイトたちから次々、歓声が上がっている。

俺は何も考えられず、ぼんやりと宙を眺めていた。

隣の席にいる幼馴染《おさななじみ》のアイリが話しかけてくるのも、耳に届かなかった。

しばらくして、俺とアイリの間に割り込んでくるやつが現れた。

「なぁ、アイリ。残念ながら君の幼馴染は『ハズレ』だったんだ。アイリのような選ばれしエリートが一緒に居ちゃいけない」

選別が終わったマッシオがニヤニヤしながら俺の肩を叩《たた》いた。

カードの色は『赤』『緑』『灰』。

三色は、優秀だ。……俺と違って。

「いやぁ、本当に残念だよ。首席様ともあろう者が『落第』の白カードを引いてしまわれるとはなぁ」

「全くだ。しかも『防御』しかできない才《アビリティ》とは。軍に受け入れ先はあるのかねぇ」

「無理だろうな！　単色の欠陥野郎なんざ、どこも採用しないさ」

マッシオの取り巻きまで、こちらに絡んできた。

「お前ら……」

俺は怒りで震えた。だが、やつらの言うことは正しい。

『白魔力《マナ》』は、防御魔法の才《アビリティ》のみ。

真っ白のカードということは『攻撃に関する魔力《マナ》』が一切、無い、ということだ。

俺は帝国軍士官学校で、魔法剣士の技術を学んできた。

魔法剣とは、魔力《マナ》を剣に纏《まと》わせる技だ。しかし俺の『白』魔力《マナ》では魔法剣で敵を切ったところで、相手は傷一つつかない。

攻撃できない欠陥剣士なのだ。なぜ、女神様は俺を『白』のみの才能に……。

せめて少しでも他の才《アビリティ》があれば、努力でなんとかする自信はあるのに……。

「『白』魔力《マナ》だけじゃあ魔法剣士は無理だな」

「『回復士』あたりにでもなっとけよ。俺が怪我《けが》したらお前に依頼してやるよ」

「あとは『結界士』くらいか？　一生、地方を転々として街の結界を張り直す仕事か。やりがいがあるなぁ。俺ならゴメンだけどな！」

「「はっはっはっ！」」

「…………くそ」

何も言い返せない。俺は、ただ黙って項垂《うなだ》れていた。

◇

不幸なことってのは続くものだ。

学校に出るのが億劫《おっくう》になり、しばらく授業をサボっていたら、俺の家に幼馴染のアイリが訪ねてきた。てっきり励ましに来てくれたのかと思ったが……どうも様子がおかしい。

アイリ一人でなく、アイリの友人と一緒だった。アイリは俺と視線を合わせようとしない。

嫌な予感がした。


「……ユウ。私たちしばらく距離を置いたほうがいいと思うの」


幼馴染のアイリは、俺を愛称で『ユウ』と呼ぶ。

聞き慣れたはずの声が、氷のように冷たく感じた。

「え……？　な、何を言ってるんだ、アイリ？」

俺は先日の『選別試験』で幼馴染《アイリ》が引いた『選別』カードを思い出した。

——その色は『虹』。

七つの才《アビリティ》を持つ、最高位の証《あかし》だ。

底辺である単色『白』とは正反対の溢《あふ》れんばかりの才能。

一緒に育った幼馴染とのあまりの格差と惨めさで、ここ最近の俺はアイリを避けていた。

しかし、急にそんなことを言い出すなんて……。

「距離を置くって……どういうことだよ……」

俺が声を震わせ問いかけても、アイリは悲しげに顔を伏せたままだ。

代わりに口を開いたのは、隣に居るアイリの友人だった。

「ねぇ、ユージンくん。察してよ。皇女のアイリはこれから大事な時期なの。才無しのキミと一緒に居て変な噂《うわさ》を立てられちゃこまるでしょ？」

「なっ！」

そのあんまりな言い草に、俺はカッとなった。誰が『才《アビリティ》無し』だ！

俺とアイリは、婚約こそまだだったが、両親公認の仲だ。

将来、一緒になろうと誓っていたのはクラスメイトのお前だって知ってるだろう！

「アイリには、連邦のとある大国の第二王子から縁談話も来てるんだって。『虹』の才《アビリティ》に、王子様かぁー。いいなー、アイリは恵まれてて」

「ちょっと！　その話はユウの前ではしないって……」

慌てて友人の口を塞ぐアイリの反応から、それが真実だとわかってしまった。

「アイリ……縁談って……」

「違うの！　それはお父様が勝手に話を……」

「そう。つまりこれはアイリのお父さんである皇帝陛下のご意思なの。ユージンくん、アイリを怨《うら》んじゃだめよ？」

「…………………」

皇女であるアイリの父親は、この国の頂点。つまりは皇帝陛下だ。

帝国民にとって皇帝陛下のお言葉は絶対。

そんなことは三歳児だって知ってる。

「アイリ……俺は……お前の『帝の剣《みかど》』に……」

思わず出たその言葉の滑稽さに、最後まで口にできなかった。

帝の剣とは、皇帝の片腕のことだ。常に皇帝のそばに立ち、全ての敵から皇帝を守る剣。

……俺の目指していた、最終目標《ゴール》だった。

アイリは悲しそうに目を伏せ、アイリの友人は小さく唇を歪《ゆが》めた。

「ぷっ……、白魔力《マナ》しか無い欠陥剣士なのに、帝の剣って……」

「ちょっと！　ユウのことを笑わないで！」

笑わないで、というアイリの言葉が俺の胸を抉《えぐ》った。

「ごめん、ごめん、アイリ。行きましょ！」

「えっ……でも……。う、うん」

友人に引っ張られるように、アイリは去っていった。

アイリは、俺の方を……一度も振り返らなかった。

――翌日、俺は帝国軍士官学校を退学した。

◇

「はいはい、それで幼馴染に振られて実家に引き籠ってたら、親父《おやじ》にぶっ飛ばされて、このリュケイオン魔法学園に強制入学させられたって話だろ。その話、何十回目だよ、ユージン」

「うるせーよ、クロード。お前みたいな勇者様には一生、縁の無い話だよ。愚痴ぐらい聞けよ」

現在の俺は、南の大陸中央にあるリュケイオン魔法学園『普通科』に在席している。

リュケイオン魔法学園は南の大陸における最高学府だ。

授業のレベルは恐ろしく高い。そして、生徒の質も。

腑抜《ふぬ》けていた俺は、親父の鉄拳制裁とともにこの魔法学園へ放り込まれた。

ここでは俺の過去を知る者が殆《ほとん》どおらず、気楽な学園生活を送れている。

親父にはとても感謝している。荒療治だったとは思うが。

俺の隣を歩いている男は、魔法学園『英雄科』にいるクロード・パーシヴァル。『五色』の才《アビリティ》を持ち、職業《ジョブ》は、『勇者見習い』。

エリート中のエリートだ。

比べて俺の職業《ジョブ》は『回復魔法使い』と『結界魔法使い』の兼業。白魔力《マナ》しか持たない俺が就くことができる職業《ジョブ》は、その二つだけだった。

これで、生涯賃金は勇者の100分の1以下だというから……何とも世知辛い話だ。本当に泣けてくる。

「ユージンの幼馴染のアイリ皇女殿下だっけ？　帝国最高位の『天騎士』の一人にまで登りつめたんだってな」

「ちっ、そーだよ。同僚の恋人もいるんだとよ……」

遠い異国である魔法学園に居ても、有名人の噂は聞こえてくる。

どこぞの国の第二王子との縁談は、進まなかったらしい。だが、帝国内の若いエリート将軍と恋仲という噂だ。

俺の幼馴染は、俺のことなど忘れ、新しい恋人とよろしくやっている……と。

……忌々しい。その表情を察してか、クロードが同情的な声で慰めてきた。

「しかし、俺の相棒の飛竜の世話を安心して任せられるのはお前だけだぞ、ユージン。いつも助かってるよ」

「そりゃ、俺が『生物部』だからな。ただの仕事だよ」

魔法学園の生徒の、多くは『部活』に入っている。

リュケイオン魔法学園の『部活』は、社会に出た時の『組合《ユニオン》』に近い。

学園の授業では、一般的な『魔法』『戦技』『知識』を学べる。部活では先輩・後輩の縦社会や、学年違いの生徒とコネを作るために利用する者が多い。

俺が所属しているのは『生物部』。

通常、部活は生徒が好きに選択できるのだが、俺に限っては『学園長』指名だった。

対価として、俺は学費を免除してもらっている。

それでも、釣り合わないくらいの面倒な雑務が多い部ではあるが。俺とクロードは、巨大な一つの檻《おり》の前にやってきた。そして、封印付きの巨大な鍵を開く。

この鍵も、特別仕様の魔道具《マジックアイテム》だ。

「おーい、相棒」

クロードが声を上げる。艶《つや》やかな群青の鱗《うろこ》を纏った美しい飛竜が近くに降り立った。

クルルルッ、と喉を鳴らして喜んでいる。

「元気にしてたか」

クロードに撫《な》でられ、飛竜はうれしそうに鳴いた。

俺はその間に、餌を補充してやる。

「終わったぞ、クロード」

俺はクロードと飛竜に声をかけた。

——クルルル、ルル……

俺にも飛竜が顔を寄せてくる。それを軽く撫でてやった。

昔、怪我をしていた飛竜を回復魔法で治して以来、懐かれている。

本来は、気難しい気質の竜らしい。

「相棒、明日は遠征だ。一緒に飛ぼうぜ」

爽やかに相棒に笑いかけるクロード。

キザなやつだ。ついでに言うとモテる。まあ、当然か。勇者なのだから。

俺は檻を出ると敷地の奥へ向かった。が、なぜかクロードもついてくる。

「もう用事は済んだだろ？」

「ユージンはこれから『あの檻』に行くんだろ？　ついていくよ」

「……別にいいけど。物好きだな。あと無理はするなよ？」

リュケイオン魔法学園『生物部』の敷地は広い。

学園長が珍しい物が好きで、変わった魔法生物を大量に飼育しているからだ。中には『災害指定』と呼ばれる凶悪な魔法生物まで居る。

奥に進むほど危険な『封印領域《エリア》』になっている。徐々に空気が淀《よど》む。瘴気《しょうき》がどんどん濃くなる。一般人なら、息をするのも困難なレベルだ。

『結界魔法士』の俺は問題ないのだが……。

心配になりふと隣を見るとクロードの顔が青ざめていた。言わんこっちゃない……。

「無理するなって言っただろ、クロード」

「ま、まだ大丈夫だ……」

俺はクロードの歩調にあわせ、ゆっくり歩いた。

やがて、巨大な黒い金属製の門の目の前に到着した。

――『禁忌――第七の封印牢《ろう》』

この奥には、学園で最も危険な『神話生物』たちが蠢《うごめ》いている。

常人なら目を合わせるだけで発狂してしまうらしい。

結界魔法の使い手でないとできない泥臭い仕事。

彼らの世話も、生物部の役割だ。誰もやりたがらないわけだ。

「わ、悪《わ》りぃ……、ユージン。俺はこれ以上、行けねーわ」

顔に脂汗を滲《にじ》ませ、クロードが歩みを完全に止めた。

「今日は結構、近くまで来れたな」

「ああ……伝説の魔王。いつか見てみたいんだが……、やっぱりこの瘴気は俺にはまだ耐えられそうにない……」

「無理するなよ。じゃあまた今度な」

俺は重い封印の扉を開いた。中で溜《た》まっていた瘴気が、外に溢《あふ》れ出る。

「ぐっ……！」

クロードが膝をついた。

「ほい、精神回復《マインドヒール》」

俺は回復魔法をかけてやった。クロードはフラフラと立ち上がった。

「なぁ、ユージン。いつも疑問なんだが、なんでこの瘴気で平気なんだ……？　勇者見習いの俺でも耐えられないんだが」

「俺が結界魔法使いだからだよ。何回目だ？　この質問」

「うちの探索隊《チーム》にいる結界魔法が使える『賢者』は、第七の封印牢の黒門の大分手前で気絶したんだが……」

「それは修行が足りないんだよ」

「納得いかねぇ……」

「じゃあな」

俺は手を振り、門を内側から閉めた。

「お前絶対、間違ってるって……」

門が閉まる直前、クロードのつぶやき声が耳に届いた。

なんだよ、間違ってるって。

◇

――リュケイオン魔法学園『第七の封印牢』

ここにいる生き物は全て『災害指定』の『神話生物』。

一体でも逃げ出してしまえば、一つの街が簡単に滅ぶ……らしい。

実際に逃げ出したことは無いので、事実かどうかは不明だ。

なんでそんな危険な生物がいるのかといえば、学園長の趣味である。

実に変人なあの人らしい。

それぞれの檻には幾重もの封印が施してあり、正しい手順以外では絶対に開かない。

もっとも地下牢は厳重な封印ですら抑えきれない魔素が、瘴気となって漂う魔空間。

一般人が入れば、たちまちに廃人になるだけだ。勇者であるクロードですらあの様子だった。忍び込む阿呆《あほう》は居ない。各封印の檻に入る面倒くさい手順を、慎重に進める。

だが、のろのろやっていると彼女が怒り出してしまう。
（急ぐとするか……）
やや焦りながら、奥へと進む。最奥の檻の名札には、こう記してある。

――『堕天の魔王』エリーニュス

俺は、ゆっくりと瘴気の溢れる檻の中に足を踏み入れた。
檻の中に足を踏み入れると、どろりとした瘴気が肌にまとわりついた。
濃い瘴気は毒であり、まともに人族が浴びれば、一瞬で意識を失う。
そうならないように俺の身体《からだ》の周りには、幾重もの『結界』が張ってある。
防御性の『白魔力《マナ》』に特化した『結界魔法使い』。
それこそが『魔王の世話係』に俺が選ばれた理由である。
「ユージンくん、誇りたまえ！　ここに入れる生徒は実に百年ぶりだ！」
学園長が、大喜びしていたのをよく覚えている。
その後、俺は生物部に強制入部させられたわけだが。
はぁ、と俺はため息をつきつつ、広い檻の中をゆっくり進む。
檻の中には、まるで貴族の部屋のような豪華な調度品が取り揃《そろ》えられている。

俺は、奥にある巨大なベッドの傍《そば》までやってきた。

「やっと来たわね。遅いわよ」

ベッドの上に、太い鎖で繋《つな》がれた女が横たわっている。

「いつもの時間だろ？」

俺は軽口をたたきつつ、声の主に視線を向けた。

（……いつ見ても、とんでもない美人だな）

千人が見て千人が口を揃えて言うだろう。

彼女の洗練された美しさは人間離れしていると。

（ま、人間じゃ無いから当然か……）

俺はひとりごちた。

真っ白い肌に、真紅の唇。

幼さを残しつつ、妖艶な色気を放っている肢体。

背にはかつて天界で、女神に仕える天使だったという証《あかし》の大きな一対の翼が生えている。

ただし翼の色は純白でなく、穢《けが》れた漆黒。

名を堕天の魔王エリーニュスと言う。

かつて天界の女神に仕えながら、女神の怒りを買い下界へ堕《お》とされた大天使長。

地上で堕落し、堕天使となった彼女はやがて『魔王』と呼ばれるようになった。

古《いにしえ》の時代に、南の大陸を支配していた魔王の一人である。

現在は、伝説の勇者に敗れ、ここに封印されている。

「さあ、務めを果たしなさい」

「……はいはい、わかってますよ」

俺は大きなベッドに近づく。ベッドがギシリと軋《きし》んだ。

その美しい魔王は俺の服を剝ぎ取り、上に跨《また》がってきた。

「一週間ぶりね」

「食べ物や着替えも持ってきたんだけど」

「そんなのは、あとよ！」

ギラギラとした目で、美しい魔王の顔が迫ってきた。

そのまま唇を奪われる。

——魔王へ精気を捧《ささ》げる生贄《えさ》

それが月に一回課せられている俺の生物部での最も重要《ヘビー》な仕事である。

◇

「あー、疲れた……」

俺は手を伸ばして、伸びをした。隣に薄い毛布に包《くる》まった魔王様がいる。

寝たのかな？　と思ったが、じぃっとこちらを見上げていた。

「ねぇ、ユージン」

「なんでしょう？　魔王様」

「その魔王様っていう呼びかたヤメなさい。二人きりの時は、エリーって呼んでって言ってるでしょ」

「へいへい、承知しました。で、何か食べる？　パンとハムとチーズ、あとワインくらいだけど」

「食べるわ。ワインは赤よ」

「了解」

俺は持ってきたバスケットから食べ物を取り出し皿に並べた。魔王エリーがそれを、パクパク食べている。俺は美しい彼女の横顔をぼんやりと眺めた。

先程までの妖艶な雰囲気は消え去り、実家で飼っていた猫を思い出した。

「なんか、失礼なことを考えてない？」

「き、気のせいだよ」

鋭い。封印されても魔王か。

「……昔はもっと可愛《かわい》げがあったのになー」

「昔って一年前？」

俺が学園に入学してすぐ、数百年間眠り続けていた魔王エリーニュスが、突如目覚めた。寝起きの魔王様は、機嫌が悪く暴れに暴れた。

このままでは封印が壊されてしまう！　と焦った学園長の命令で、様々な供物が魔王に捧げられた。

俺は結界魔法の使い手として檻《おり》に入れたため、魔王へ供物を運ぶ係に任命された。

そこで、供物よりも俺を気に入った魔王によって強引に精気を奪われた。

失恋のショックで自暴自棄になっていた俺だが、これには流石《さすが》に焦った。

もっとも「あなたのこと気に入ったわ！」と魔王から直々に指名されては逃れられない。

それ以来、毎週のように俺は、魔王エリーに奉仕している。おかげで体が重い。

エリーに精気を捧げると身体がヘトヘトになるんだよなぁ……。

「そろそろ行くよ。他の檻も一通り見て回らないといけないから」

「ええ～、朝までいてよ～」

可愛い声でねだってくる。

「明日も学校だから……」

毎日が休日である魔王様とは違う。

「ぶぅ〜、ユージンが冷たい〜」

エリーが口を尖《とが》らせる。

そして、さっと俺に抱きつき背中に手を回して、耳元で囁《ささや》いてきた。

「ねぇねえ、そろそろ私をここから出してみない？」

魔王エリーが可愛らしく、上目遣いで恐ろしいことを言ってきた。すでに何十回もやりとりした会話だ。

「俺じゃ、ここの封印は解けないって。解けるのは学園長だけだよ」

学園長が直々に、定期的に結界を張り直している特別な封印だ。一生徒である俺に破れるはずはない。

「私と『契約』すれば『魔王の魔力《わたしのマナ》』が手に入るわよ？　そうすれば学園長にだって負けないわ。学園長を殺せば、ユージンがここを支配できるんじゃない？」

「……さらっと恐ろしいことを言うな、この堕天使は」

学園長には多くの厄介事を押し付けられているが、数々の恩もある。

そんなこと、できるはずがない。そもそも魔王エリーの力を借りてすら、学園長に勝てるとは思えない。あの人は本物の怪物だ。

「でも力を得られれば、あなたを捨てた幼馴染《おさななじみ》を見返せるわ」

「………」

俺は押し黙った。昔、俺がぽろっと魔王に愚痴ってしまった過去話だ。

『選別試験』の苦い思い出。

幼馴染のアイリに捨てられた苦々しい記憶。

「もしかしたらユージンに惚《ほ》れ直して、戻って来てくれるかも？」

「………興味ないな」

嘘《うそ》だ。今でもアイリに捨てられた時の夢を見て、目が覚める時がある。

あの時の出来事は、俺の心の傷になっている。我ながら情けない。

「ふふふ……迷ってるんでしょ？　魔王《わたし》と契約しなさい。そうすれば失ったものを取り戻せるわ……」

エリーニュスが妖艶に微笑《ほほえ》む。

悪魔の甘言……、いや人を堕落させる堕天使の誘惑だ。

（ま、これもいつもの会話だけどな）

「さて、仕事は終わったから帰るよ」

俺はベッドから立ち上がった。

「待って待って！　冗談よ、冗談！」

エリーがしがみついてきた。

「じゃあ、変なこと言うなよ」

「暇～な～の～!!」

バタバタと足を振る魔王エリー。先ほどの魔王の威厳は消え去っている。

「暇なら、そこの中継装置《サテライトシステム》で迷宮《ダンジョン》の様子でも見ればいいだろ？」

俺は檻の中にある、映像を映し出す巨大な画面を指差した。

今は何も映っていないが、魔力《マナ》を通せば外の様子を見ることができる魔道具《マジックアイテム》だ。

ただし、映せる場所は、『天頂の塔《バベル》』という迷宮《ダンジョン》内だけ。

「飽きたのよー、どうせ迷宮《ダンジョン》に来るのは代わり映えしない連中だし。ユージンが出るなら、見るんだけど」

「そういえば、最近は迷宮《ダンジョン》探索に行ってないな」

迷宮《ダンジョン》探索者として一旗揚げるってのも考えたことがあるが。

結局は、自分の『才《アビリティ》』の無さで諦めてしまった。

攻撃ができないというハンデは大きすぎた。

「やってみなさいよ。私、ユージンの探索を応援するわよ」

魔王とは思えぬ可愛らしい笑顔を向けるエリーニュス。

「あいにくと俺は九階層までしか上がったことがないんだよ」

攻撃のできない剣士に、高難度迷宮《ダンジョン》の探索は難しい。

「魔法剣を使えば、十層の階層主《ボス》に挑めるでしょ？　挑戦すれば？」

「剣術は止《や》めたんだ。今の俺が使えるのは『結界魔法』と『回復魔法』だけだから」

帝国軍士官学校では、剣術を専攻していた。

東の大陸最強と言われる東方の刀術の免許皆伝の腕もある。

魔法剣士となって、幼馴染《アイリ》と帝国のために魔法剣を振るうのが俺の夢だった。

だが『選別試験』の日以来、俺は剣を握っていない。

未練がましく、木の棒で素振《すぶ》りだけは続けているが……。

「私と契約すれば、強力な魔法剣だって使い放題よ？」

エリーの声が魅惑的な響きで耳に届く。契約のための営業トークだ。

実際、エリーの提案は魅力的だ。

『魔王』と契約すれば、様々な悩みは解決するだろう。

しかし……。

（悪魔との契約は『絶対遵守』だからなぁ……）

悪魔との取引で、約束を違《たが》えれば『魂を抜かれる』。それゆえ、絶対に守らねばならない。

――エリーの願いは封印から解放され、外の世界に出ること。

つまりは千年前、南の大陸を支配した魔王エリ、、、ー、ニ、ュ、スを解放する、、、、という、ことだ。

うん、ダメだ。絶対無理。

「俺は戻るから、緊急の用件がある時は、そこの『魔法の鈴』を使ってくれ」

「あーあ、つれないなぁ～」

魔王エリーニュスが可愛らしく唇を尖らせる。

「一週間後に来るよ」

「またねー♡」

エリーがニコニコして手を振っている。こうして見ると、とても魔王と思えない。

その後、地下牢《ろう》の魔法生物たちを見て回った。

もっとも、元気なのは魔王《エリー》くらいで、殆《ほとん》どの魔法生物は封印のために眠りについている。

一時間ほどで、見回りの仕事を終えることができた。

◇

（今日も疲れた……）

俺は自室へ重い足取りで向かう。

毎度のことだが魔王《エリー》のお相手をすると、体力をごっそり奪われる。反対に、魔力《マナ》は満ち溢《あふ》れてくるのだが……。

（……身体《からだ》がダルい、ひと眠りしよう）

寮の自分の部屋の前に着いた時。

――ジリリリリリリリリリリリリリリリッ……！！！！！！！！！

突如、学園内に不穏な警報が鳴り響いた。

「最終迷宮《ラストダンジョン》『天頂の塔《バベル》』にて、異常事態発生。Dランク以上の探索者は、至急、迷宮《ダンジョン》入口に集合してください。繰り返します、……」

俺はちらりと、胸に付けてある探索者バッジに視線を落とした。

そこには『Dランク』の文字。俺は対象者なので、集合しないといけない。

（行くしかないか……）

ひと眠りするのは、少しあとになりそうだ。

俺は寮を出て、最終迷宮《ラストダンジョン》へと向かった。

（さて……）

俺は、天まで伸びるとてつもなく巨大な塔を見上げた。

その塔の広さは、下手な都市ですらすっぽりと入るほど広大で。それが千階層まで続いているると言われている。

実際に千階へ到達した者は、人類史上で未《いま》だ存在しない。

無論、人族に建築できるようなものではなく、神々からの修行場とか、試練の場所などと呼ばれる。

通称、最終迷宮《ラストダンジョン》——『天頂の塔《バベル》』

南の大陸の中央に位置する世界最大級の迷宮《ダンジョン》である。

俺が通う魔法学園、いや学園がある都市国家すら、最終迷宮《ラストダンジョン》のおまけに過ぎない。

巨大迷宮《ダンジョン》の財宝を求め多くの人々が集まり、店が作られ、街が生まれた。

街の規模はどんどん膨れ上がり、やがて都市国家となった。別名『迷宮《ダンジョン》都市』とも呼ばれる都市国家カラフの誕生だ。

迷宮《ダンジョン》都市に在住する探索者は最終迷宮《ラストダンジョン》に異常があれば、何をおいても優先する義務がある。それは学園生徒であっても例外ではない。

現在、迷宮《ダンジョン》入口の広場に数十人の探索者が集まっている。

(少ないな……)

学園都市の探索者は、数千人。上位の探索者は、出払っているようだ。

まあ、上級探索者ほど、常に冒険をしているから無理からぬことだが。

俺の探索者ランクは『D』。これは、最低限一人で探索が可能であるという証《あかし》である。

ここに集まっているのは、ほとんどがDランクだろう。

「みんな！　よく集まってくれた！」

声を張り上げるのは『迷宮職員《ダンジョンスタッフ》』と呼ばれる人だ。

主に天頂の塔《バベル》の監視や、怪我人《けがにん》の救護を行っている都市の公務員だ。

「最終迷宮《ラストダンジョン》の中に、迷宮破壊者が現れた！　事態は急を要する。みんなは中継装置《サテライトシステム》を見てくれ！」

言われるまでもなく、集まった探索者は迷宮《ダンジョン》内を映す巨大画面を見ている。

そして、一様に苦々しい顔をしていた。迷宮《ダンジョン》の五階層が火の海だった。

（なんだありゃ……本来、九階層までは草木が生い茂る草原と森の領域だぞ……）

最終迷宮《ラストダンジョン》は全『千階層』からなる超巨大迷宮《ダンジョン》であり、十層ごとに大きく景色が変わる。

九階層までなら俺も登ったことがある。そのため、今映像に映っている炎に包まれた状態が、いかに異常であるかは一発で理解できた。

「これほどの火災は、自然発生ではありえない！　何者かが火を放ったのだ！　現在、消火活動にあたっているが火が収まる様子は無い。皆には、この原因の調査と鎮火に協力して欲しい」

迷宮職員《ダンジョンスタッフ》が依頼内容を発表した。

……おいおい、無茶言うなよ。

……あんなの死ぬだろ。

……炎耐性の防具、高いからなぁ。

そんな呟《つぶや》きが聞こえてきた。低級の探索者には難易度の高い現場だ。

「なお、炎耐性のローブは無料で貸し出す。必要な者は取りにくるように。また、探索に協力した者は、成果に関わらず『報奨金』を……」

俺はそこまで説明を聞くと、ゆっくりと迷宮《ダンジョン》の入口に向かった。

他の探索者は、躊躇《ちゆうちよ》している者、炎耐性マントを貰《もら》いに列に並ぶ者、さまざまだ。

誰かが俺に近づいてきた。

「ユージン！　行ってくれるのか」

話しかけてきたのは、顔見知りの迷宮職員《ダンジヨンスタツフ》のおっちゃんだった。

「ああ、急いだほうがいいんだろ？」

「助かるよ、緊急事態だからな」

「迷宮職員《ダンジヨンスタツフ》は大変だね。探索前にここにサインすればいいんだっけ？」

「そうだ。では、確かに探索者として受理した。おっと、これ持っていけ。俺のお古だが」

おっちゃんに、少しくたびれた炎耐性のローブを渡された。

「俺は結界魔法が使えるから不要だけど……」

「そう言うなって。探索者は備え第一だ。それに、逃げ遅れた者がいるかもしれんから念のため持っていったほうがいい」

「わかった。ありがとう、おっちゃん」

礼を言って俺は、迷宮《ダンジョン》入口から一階層に入った。そのまま中央を目指す。

迷宮《ダンジョン》の中央には『迷宮昇降機《ダンジョンエレベーター》』が設置してある。迷宮昇降機《ダンジョンエレベーター》は古代遺物である。

いつからあるのか、どうやって動いているかはわかっていない。

ただ、便利なため皆使っている。その特徴は、利用者が自力で到達した場所までしか登れないという謎の技術が使われている。

俺の場合は、九階までのボタンが表示されている。

俺は『五階』のボタンを押した。ゆっくりと『迷宮昇降機《ダンジョンエレベーター》』は上昇する。

やがて五階に到達した。扉を開くと、そこは荒れ狂う炎の嵐だった。

迷宮昇降機《ダンジョンエレベーター》付近には、迷宮《ダンジョン》による結界が張られてあり炎が届かない。

しかし、それ以外は全て炎に包まれていた。

既に、多くの探索者が五階層に来ており……立往生していた。

「おい、……この中を行くのか？」

「行きたくねえなぁ……」

「視界が悪すぎる。魔物が襲ってきたら対応できないぞ」

「この炎に耐えられる魔物が、五階層にいるか……？」

「わからんぞ、なんせ異常事態だ」

皆、炎の勢いに足が進んでいない。

俺はその中、最も火の勢いの強い方向に向かって歩いて行った。

「お、おい！　あんた、炎耐性のローブはどうした!?」

「大丈夫ー、俺は結界魔法が使えるから」

「い、いや……いくら結界士って言っても、この炎だぞ!?」

「無茶だ！　戻れ！」

周りの探索者に心配されたが、炎の中で俺は手を振って『問題ない』とアピールした。

「「「……」」」

どうやら、わかってくれたらしい。俺は燃え盛る炎の中を、奥へ奥へと進んで行った。

――轟轟《ごうごう》と燃える炎の中を歩く。

歩くたびに炭化した木々の残骸が、砂のように崩れていく。身体に張ってある『結界』によって熱さは感じない。

それでも、周囲360度が炎に囲まれるという風景はどうにも落ち着かない。

こんな中で、生きられる生物など居るのだろうか？

十中八九、これを引き起こしたのは火属性の魔物だ。

迷宮《ダンジョン》の上層にいる魔物が、腹を空《す》かして低層に降りてきたに違いない。

それにしても、十階層までに階層主《ボス》を含めて、こんなことができるやつがいるなんて聞いたことがないが……。
その時。

……しく……しく……しく……しく……しく……しく……しく……しく

パチパチと炎によって木が爆《は》ぜる音がする中、かすかに誰かの声が聞こえた。
(女の子の……泣き声？)
逃げ遅れた探索者だろうか？　しかし、この炎の中で？
のん気に泣いてる場合じゃないと思うが……。
魔物が人間の声真似《こえまね》をして、罠《わな》にかけるなんてこともある。油断はできない。
もっとも五階層にそんな知恵が回る魔物が居るとは聞いたことがない。
だったらただの人間か？　色々腑《ふ》に落ちない。でも、行かないわけにはいかない。
俺は慎重に、声のするほうに近づいた。
(……誰かが居る)
人影が見えた。火災の中心。
最も炎が激しい場所で、一人の女の子が燃えながら泣いていた。

二章／ユージンは、出会う

◇×××の視点◇

気が付いた時、私は見知らぬ草原の上に座っていた。

「どこ……ここ？」

いや、違う。もっと重要なことがある。

「私は……だれ？」

私には自分の記憶が無かった。

（こ、怖い……なに？　なんで私はここにいるの？　私の家は？　私の家族は？　学校のみんなは？）

何も思い出せない。いや……幼い頃の記憶はある。

両親の顔は、ぼんやり思い出せる。

確か……妹が一人いる。小学校の頃の友達の顔。中学からの友人……。

っ！　頭が割れるように痛い。

「スミレちゃん！」

誰かの声が頭の中で響いた。

……スミレ。

それが多分……私の名前だ。名前を思い出した。少し安心する。

でも、名字は思い出せない。頭がズキズキする。

ここに来る直前の記憶が全くない。ここは、どこなの……？

「×××～！」

「×××××～！」

その時、知らない言葉で会話する男たちがこちらにやってきた。

一瞬、助けを求めようとしたが、男たちの目を見て私は身を強張《こわば》らせた。

「××××××～！」

「×××××××、×××××！」

男たちはニヤニヤと嗤《わら》っており、とても好意的には見えなかった。

それに服装も変だし、人相も悪い。男たちは私の身体《からだ》を嘗《な》め回すように眺めた。

私の高校の制服はボロボロになっていて、際どい位置まで肌が露出していた。

男の一人が、何か言いながら私に近づいてきた。

これからされることを想像して……恐怖と嫌悪感で鳥肌がたった。

「こ、来ないで！　触らないで！」

「×××××～？」

私の声で止まるはずもなく、男が私の腕を掴《つか》む。

「×××××～!!」

後ろの男が、煽《あお》るようにはやしたてた。い、いや！

男が私を押し倒そうとした時。

「いや――――！」

私はありったけの悲鳴を上げ、次の瞬間、私の周りは炎に包まれていた――ことに気付いたのは、あとになってからのことだった。

私は意識を失った。

◇

「なに……これ……？」

気を失ってから、どれくらい経《た》ったのだろう？　さっきまでの男たちは、どこにも居なくなっている。私の周りには轟々《ごうごう》と炎が燃え上がっている。

不思議と熱さは感じない。黒い煤が腕についていたのでそれを払い、私は立ち上がった。

そこで、とんでもないことに気付いた。

「きゃあ！」

すぐに、私はその場にしゃがみこんだ。

（ふ、服がっ！）

着ていた制服が、全て燃えてしまっている。私は裸だった。ど、どうしよう……。何か、身体を隠すものを……。周りを見回しても、草原が広がっているだけ。

しかも、どんどん炎が広がっている。

「え？」

大きな動くものが見えた。さっきの男たちだろうか？　いや、もっと大きい。

（く、熊!?）

体長二メートル位ありそうな、巨大な熊だった。それが私めがけて突進してきた。

こ、殺される!?

と思ったが、炎に阻まれて近づいて来られず逃げていった。何、だったの……？

というか、この炎……私の身体から出てる？　一体、どうなってるの……？

ふらふらとしながら、大きな岩があったので私はそこに寄りかかった。

身体を隠すように、体育座りをして……泣いた。さっき見た熊以外にも、狼《おおかみ》やライオンのような大きな獣もいた。しかし、私にはどれも近寄ってこなかった。

他に、知らない言葉を喋《しゃべ》る人たちが来て焦ったが……私の周りを囲む炎に阻まれ近づけなかった。

「×××××！」

「××××××!?」

何かの言葉を私に向かって叫んでいるが、意味がわからない。

矢を撃ってくる酷《ひど》いやつもいた。その矢も私に届く前に、燃え落ちた。

そうする間にも、私の身体から出てくる炎はどんどん強くなり。

やがて周りの草原は、火の海に変わってしまった。地獄のような光景だ。

なんなの……これ？　ここは地獄なの？　私は死んだの？

わからないわからないわからないわからないわからないわからないわからないわからないわからないわからないわからないわからないわからないわからない。

悪夢なら、早く醒《さ》めて…………………私は泣き続けた。

◇

一時間ほど泣き続けたあとだろうか。誰かに話しかけられた。

「×××……」

びくっと、身体が震え、私は声のほうを眺めた。

「××××××?」

私を心配そうに見つめてくるのは、すらりとした優しそうな青年だった。

さっき現れた下種《げす》っぽい男や、敵意を持った人たちとは違う。こちらを気遣ってくれている雰囲気があった。私は勇気を振り絞って、話しかけた。

「あ、あの……助けてください」

「×～、××××?　×××××××……」

男性は、困った風に頭をかいた。やっぱり言葉は通じない……。

そして、手に持っている布の服を私に差し出した。

そ、そうだ！　私、何も着てないんだった！　慌てて、それを手に取り着こんだ。

それは布製のレインコートのような形をした服だった。ローブって言うのかしら？

男性は微笑《ほほえ》み、私に手を差し出した。その手を掴みそうになって……慌てて引っ込める。

私の手は……燃えてる。私自身は熱さを感じない。

だからと言って、他人がそうだとは思えない。

現に、私を襲ってきた熊は炎で逃げて行ったし。

途中で、私に敵意を向けてきた人たちも炎のおかげで近づいてこられなかった。

そういえば、この男性はどうして炎の中で平気でいられるんだろう。

特に、防火服のようなものも着ていないのに。男性は手を伸ばしたまま、困った顔をしている。

（……無理だよ。私に触ると、きっと怪我《けが》を……いや、もっと酷い）

——死んでしまう。

私を襲おうとした男たち。

彼らは居なくなっていた。最初は逃げたのかと思ったけど……。

思えば炎に気を取られていたけど近くに黒く焦げた何かがあった気がする……。

わ、私は……彼らを殺してしまった？　寒くないのに、震えが止まらない。

その時。

その青年に——手を摑まれた。

え？　思わず見上げる。

長身の男性は、困ったように変わらず微笑むだけだった。あ、熱くないの？

「××××？」（大丈夫？）

言葉はわからないけど、きっとそう言ってくれたんだと思った。

その優しい笑顔は、地獄のような状況で、唯一私を救ってくれる神様のように思えた。

私はふっと、意識を失った。

◇ユージンの視点◇

「あれ？　気を失っちゃったか……」
炎を纏《まと》った女の子は、眠るように気絶した。
呼吸音から、死んだわけではないとわかった。
女の子の身体から出ていた炎は、気を失うと同時に徐々に弱まり、消えた。
炎の発生源を失ったからか、五階層の炎の勢いがゆっくりと弱まっている。
（それにしても……この子は一体……？）
人間ではないだろう。身体から炎を出す人間なんていない。
最初は魔物か魔族かと思ったけど、悪意を全く感じない。
彼女が何者なのか俺には判断がつかなかった。とりあえず、連れ帰るしかないか。
俺は女の子をおんぶして、迷宮《ダンジョン》の入口まで戻ることになった。
迷宮昇降機《ダンジョンエレベーター》を使って、一階層まで戻る。
迷宮《ダンジョン》の入口に着くと、迷宮職員《ダンジョンスタッフ》のおっちゃんが駆け寄ってきた。
「ユージン！　その子はどうした⁉　遭難者か⁉」
迷宮《ダンジョン》から自力で帰れず、保護された探索者は『遭難者』と呼ばれる。
まあ、普通はそう思うよな。

「んー、説明が難しいんだけど……」

俺は五階層であったことを説明した。

「その子が『迷宮破壊者《ダンジョン》』ってことか……？」

「少なくとも関係者ではあると思うよ」

「わかった。じゃあ、この子はこちらで預かって……」

「ここにD級探索者、ユージンは居るか！」

突然、大声で名前を呼ばれた。あれは……上級迷宮職員《ダンジョンスタッフ》？

「ユージンは俺です」

俺は手を上げた。

「国王陛下がお呼びだ！　そこの『迷宮破壊者《ダンジョン》』と共に、裁判所までくるように！」

そう告げると、俺の周囲をずらりと衛兵が取り囲んだ。

「何ですか、いきなり！　ユージンは迷宮《ダンジョン》探索から帰ったばかりですよ！」

おっちゃんが憤った声で味方してくれるが。

「それは国王陛下への背信と受け取るが？」

「馬鹿なっ、私は国王陛下に背いたりしない！　そうではなく……」

「おっちゃん、ありがとう。俺は行くよ」

「ユージン……」

心配そうな顔をむけるおっちゃんにお礼を言って、俺は名前も知らない女の子を抱き上げた。こちらに寄こせ、とか言われるかと思ったがそれはなかった。

上級迷宮職員《ダンジョンスタッフ》たちに連れられ、俺は迷宮《ダンジョン》都市にある唯一の『裁判所』を目指した。

そこでは、『罪人』かどうかは、全て『王様』のさじ加減によって決まる。

この都市国家の王様は、決して横暴な御方《おかた》ではない。

が、市井《しせい》の人々の事件に首を突っ込みたがる好奇心の塊みたいな御仁だ。

（面倒なことにならないといいけど……）

俺は気が進まないながらも、ゆっくりと歩を進めた。

◇

俺が住む南の大陸には、三つの大きな勢力がある。
・俺の出身である『グレンフレア帝国』。
・多数の小国からなる『蒼海《そうかい》連邦』共和国。
・そしてカルディア聖国を中心とする『神聖同盟』連合国。
現在、俺が住んでいる迷宮《ダンジョン》都市はいずれにも属していない。独立した都市国家だ。

それゆえ迷宮《ダンジョン》都市の住民は、『帝国の民』『連邦の民』『同盟の民』が入り混じっている。

そして『裁判』の時、自国の民を贔屓《ひいき》しないよう『陪審員』は三つの勢力からそれぞれ採用されるという慣習がある。

「迷宮《ダンジョン》破壊者……神様の創造せし『最終迷宮《ラストダンジョン》』を害するとは……死刑でよいでしょう」

過激な発言をするのは、神聖同盟の出身者だろう。

彼らは神の建造物である『最終迷宮《ラストダンジョン》』を神聖視している。

そのため、迷宮《ダンジョン》破壊者を絶対に許さない。

「まぁまぁ、待ちたまえ。中継装置《サテライトシステム》の映像は見ただろう？　罪人は希少な『魔法生物』に違いない。実験体として進歩の礎になってもらおう」

こちらは、蒼海連邦の人だな。連邦内では小国同士の主導権争いが激しく、利用できるものは何でも利用したがる人が多い。この人もその類だろう。

「みなさん、そもそも彼女が罪人かどうかもわからない。真偽を確かめなければ」

一番冷静な意見を述べているのは、帝国出身者……というか学園の先生で面識のある人物だった。よかった、まともな人がいた。

俺はというと『迷宮《ダンジョン》破壊』容疑のかかっている女の子と一緒に、証言台で参加者が揃《そろ》うのを待っていた。

女の子は先ほど目を覚まし、知らない場所に連れてこられたので相当に怯《おび》えている。

「とはいえ、映像では彼女の身体《からだ》から炎が発せられているのは間違いない。決定的な証拠だ」

「見たところ、制御できていないようだった。事故かもしれん」

「真実は本人に聞くしかないが……言葉が通じないのではな」

「演技かもしれん。疑わしいものだ」

「何かしらの言語を喋《しゃべ》っているようだ。聞いたことが無い言葉だが……」

「おそらく北の大陸の魔族の言葉であろう。悪《あ》しき神を信ずる魔族共の言葉は、我々には理解できませんからな」

「だが北の大陸の言語は、魔法学園で研究されているが、彼女の言葉はどれにも当てはまらなかった」

「なぁに、おそらくは辺境の少数魔族でしょう」

各国の陪審員たちは好き勝手に議論している。噂《うわさ》を聞きつけたのか傍聴席にも、そこそこ人が集まっている。皆、物好きだな。

国王陛下が直々に裁判官《ジャッジ》をされる機会は多くない。

この案件がそれだけ重要と言えるし、人々から注目されているとわかる。

隣の女の子は不安げに、目を伏せている。

……俺が力になれればよいが、言葉がわからないと何ともできない。

その時だった。

「国王陛下！　ご到着！！！」


裁判所に大声が響いた。入口に皆の視線が集まる。

入ってきたのは、恰幅《かっぷく》の良い中年の男だった。

深緋《ふかひ》のマントに金の刺繍《ししゅう》が輝いている。

年齢は三十歳前後に見えるが、実際の年齢は不詳だ。

肉食獣を思わせる鋭い視線で、裁判所の面々を見渡し……俺に視線を向けた。

「ユージン、久しぶりだな。息災か？」

ニヤリと、歯を覗《のぞ》かせながら笑う。

「ご無沙汰しています、ユーサー学園長」

俺は慇懃《いんぎん》に頭を下げ、挨拶した。周りの人たちも、一斉に頭を下げる。


――ユーサー・メルクリウス・ペンドラゴン王

迷宮《ダンジョン》都市カラフの国王であると同時に、俺の通う魔法学園の長でもある。

もっとも本人は『魔法研究学者であり永遠の探索者』を自称しており、国王も学園長も

彼にとってはついでらしい。

「みな、畏《かしこ》まるな。時間は有限、合理的に使わねば。では件《くだん》の裁判を始めようか」

「それでは、ユーサー様へ今回の概要をご説明いたし……」

「要らぬ。必要なことは『千里眼』で視《み》た。何が起きたかは把握している」

「失礼いたしました！」

裁判所の職員が慌てて、読み上げようとした書類を手元に戻した。

……相変わらず、せっかちな人だ。この人は常に生き急いでいる。

大陸に並ぶ者は居ない魔法使いなのに。

「ユーサー様。であれば問答は不要でしょう。恐れ多くも聖神様の遺物を破壊した罪人には、厳重な罰を。我々『神聖同盟』にて刑を執行しましょう」

「いえいえ、彼女の身柄は我々『蒼海連邦』にお任せください。あれほどの炎を生み出す魔力量《マナ》。やりよう次第では有効な道具となるはずです」

同盟の人と、連邦の人が次々に自身の要求を述べる。学園長はそれには答えなかった。

「まぁ、落ち着くのだ。まずは本人の言葉を聞いてみようではないか」

ユーサー学園長はそう言うと、最上段の裁判官席《ジャッジ》からひらりと降り立ち、俺の目の前に立った。

「ユージン、これを『スミレ』くんの腕に通したまえ」

「スミレ……？」

初めて聞く名前だが、学園長の視線からそれが『この子』の名前だと気づいた。

「なんだ、まだ名前すら聞き出していなかったのか。まあ、よい。ユージン、早くせよ」

「は、はい」

俺は指示された通り、女の子に腕輪をつけてよいか目で尋ねた。

抵抗されるかと思ったが、あっさりと応じてくれた。

カチャリと、音がして腕輪が彼女の腕にはまる。

「スミレくん。我々の言葉は通じるか？」

学園長が女の子に聞いた。


「………………………はい。わかります」


女の子が小さな声で返事をした。おお、通じた！

裁判所内がざわつく。ユーサー学園長が来る前にも女の子に対して、いくつかの魔道具《マジックアイテム》を使って彼女の言葉を翻訳しようと試みたのだが、ことごとく失敗したのだ。

それがあっさり成功するとは……。

「では、自己紹介をしてもらえるかな？」

「名前は『スミレ』と言います」

学園長の言った通りだ。彼女の名前はスミレらしい。

変わった名前だな。南の大陸では、あまり聞かない名前だ。

「君はどこからやってきた？」

「……わかりません。気が付いたら、草原に居ました。私……記憶が曖昧で」

「記憶喪失か」

女の子の言葉に、学園長が何かを考えるように、髭《ひげ》を撫《な》でた。

「都合が良いことだ！　記憶喪失など信じられませんな！」

誰かの野次が入る。女の子がびくりと、震える。そんな言い方しなくてもいいだろうに。

「何か覚えていることはない？　生まれた場所とか」

俺はなるべく優しく問いかけた。

「出身地……は、……ニホンのトウキョウです。生まれも育ちも……」

ニホン……？　聞いたことがないが、発音的には東の大陸にあるどこかの国だろうか？

「『鑑定』で調べてればすぐにわかることだ！　こいつの言っていることが真実かどうか！」

「それは既に試したではないですか。なぜか彼女には『鑑定』スキルが通じない」

「だからこそ怪しいと言っている！　『鑑定』を阻害するなどやましいことがあるに違い

ない！」

神聖同盟の人は、とにかく女の子を『悪者』認定したいらしい。

「ふむ……『鑑定』が通じないか。なるほど、ところでユージンくん。『鑑定』ができないケースを二つあげたまえ。学園で習っただろう？」

いきなりこっちに話を振られた！

「えーと、一つは対象が『鑑定』の妨害魔法を使っているケース。もう一つは、『鑑定』者の能力不足ですね」

あってるよな？

「馬鹿馬鹿しい。裁判所の『鑑定士』は熟練者だ。能力不足などあり得ない」

「そうとは言い切れんさ。我の『鑑定眼』には、彼女の種族やステータスがハッキリ視えている」

「………………」

学園長の言葉に、文句を言っていた人が黙った。

おいおい、ユーサー学園長。とっくにわかってたのかよ。

「では、彼女は何者なのですか？」

「聞きたいかね？」

学園長がニヤリとする。この人は、こういった芝居がかった喋り方を好む。

そしてそれがとても様になる。

「答えよう！　彼女の種族は『炎の神人族《イフリート》』！　古代に滅んだと言われる神話時代の民だ」

「「「「「…………」」」」」

予想外の回答に、裁判所が静まり返った。

（炎の神人族《イフリート》……？）

それは絵本でしかお目にかかったことがない伝説の生き物じゃないか。

「神話の時代、人族がまだ地上に生を受ける前に存在したという種族の一つ。古代に滅んだとされる伝説の種族。それが現代に蘇《よみがえ》ったのだ！」

ユーサー学園長がノリノリで説明する。

楽しそうだなぁ。この人、珍しい魔法生物が大好きだから。

「し、しかし、彼女が炎の神人族《イフリート》だとして、一体どこから来たというのです。突如、迷宮《ダンジョン》に現れたということでは説明がつかない！　そもそも彼女が『天頂の塔《バベル》』を破壊したのは紛れもない事実。許されることでは……」

「落ち着きたまえと言っただろう？」

神聖同盟の陪審員の言葉を、ユーサー学園長が制する。

「一つずつ、解決していこう。まずは、スミレくんがどこからやってきたのか？」

裁判所内が静かになり、学園長の言葉を待つ。

「そのヒントは、さきほど『スミレ』くんが言った言葉にある」

「私の言葉……？」

女の子が不思議そうにつぶやいた。

「彼女は、さきほど『ニホン』の『トウキョウ』から来たと言った。だが、残念ながらこの世界にはそのような名前の『国』や『都市』は存在しない！」

「そ、そんなっ!?」

女の子が慌てた声を上げる。

嘘《うそ》を吐《つ》いていると言われたと思ったようだ。

「待ちたまえ、私は『この世界には』と言った。つまり、スミレくんの居た世界にはちゃんと『ニホン』の『トウキョウ』も在ったということだ」

「……どういうことだ？」

「それって……」

「……まさか！」

陪審員の人だけでなく傍聴席までざわつき始める。なるほど……そーいうことか。

「あの……どういう意味ですか？」

女の子が、小声で俺に聞いてきた。どうせ俺が答えないほうがいいんだろう？

ちらっと、ユーサー学園長を見るとニヤリと笑った。

「スミレくん。ようこそリュケイオン魔法学園へ。我々は『異世界転生者』を歓迎しよう！」

「…………………へ？」

女の子はきょとんとした顔で、大きく口を開けた。

どうやら俺が発見した女の子は、世にも珍しい『異世界からの迷い人』だったらしい。

――異世界転生者。

それは俺たちのいる世界とは異なる世界からやってきた人々の総称である。

特徴として、異世界からやってきた際、神様からの『過剰な祝福』を得たり、特別な種族に転生したりする場合が多いんだとか。

俺は会うのは初めてだし、何なら裁判所に居る人たちだってほとんど初見だろう。

「ふふふ、異世界からのお客様は久しぶりだ。話を聞くのが楽しみだな」

ユーサー学園長は初見ではないらしい。

まあ、何歳なのかわからないが二百年以上前から学園長やってるらしいからなぁ。

どれほどの見聞を持っているのか、想像もつかない。

「お待ちください！　彼女を最初に『保護』しようとしたのは『蒼海《そうかい》連邦』の探索者だ！

我々にこそ所有権があるのではないですか！」

慌てる連邦の人。あんた、さっきはこの子を実験体とか兵器って言ってなかったっけ？

スミレと呼ばれた子は、不安そうに俺の陰に隠れた。

「ふむ、最初に発見したとは、スミレくんへ乱暴をしようとした男たちのことかね？　それとも彼女に向かって矢を射かけたものかな？　たしかに『蒼海連邦』の探索者のようだが、あれを『保護しようとした』と言えるのだろうか？」

「そ、それは……」

「それに彼女を引き取るのであれば、彼女が引き起こした最終迷宮《ラストダンジョン》の五階層の火災による被害復興費用を賄ってもらう必要があるが……幾らだったかな？」

ユーサー学園長が、隣にいる秘書らしき女性に尋ねた。

「まだ概算しか出ておりませんが、五十億Gは超える予定です」

「ごっ……五十億!?」

「迷宮《ダンジョン》都市にいる上級以上の魔法使いを総出で、復旧に当たらせています。彼らへ支払う報酬金としてはそれくらいが妥当かと」

「いかがかな？」

「…………諦めます」

連邦の人は、がっくりと項垂《うなだ》れた。

「ユーサー王！　しかし迷宮《ダンジョン》破壊の罪はいかがするおつもりか！　聖神様の建造物を破壊した罪は、軽くありません！」

次に異議を申し出たのは、神聖同盟の陪審員だった。

「おやおや、お忘れかな？　『異世界より来たる迷い人は、大切にすべし』。他ならぬ聖神様の教えのはずだが？」

「そ、それは存じておりますが……」

「彼女は、そなたが心配をしていた悪《あ》しき魔族ではない。古代より蘇りし炎の神人族《イフリート》だ。しかも、こちらの世界に来たばかりで知識不足によって起きてしまった不幸な事故。幸い探索者には死傷者も居ない。ここは寛大な心を持つことが聖神様の意に沿うのではないだろうか？」

「……わかりました」

神聖同盟の人も引き下がった。

「…………死傷者が、居ない？」

隣のスミレさんが、ぽつりとつぶやいた。

「どうかした？」

「い、いえ。なんでもありません！」

俺が聞くと、彼女はぶんぶんと首を振った。何か気にかかることがあるのだろうか？

「ユーサー国王陛下。ユージン・サンタフィールドは帝国民です。彼女を連れ帰ったのがユージンということであれば、帝国には彼女を助力する義務があるのでは？」

最後に口を挟んできたのは、これまでずっと黙っていた帝国出身である学園の先生だった。

――帝国民は『常に』帝国の繁栄に繋《つな》がる行動を心がけよ。

おそらく先生の発言の背景には、この言葉がある。

当初はあまり興味が無さそうだったが、この子が『異世界人』かつ『炎の神人族《イフリート》』という希少な存在と知って放っておけなくなったようだ。

学園長はその言葉を聞いて、何かを考えるように顎髭《あごひげ》をなでた。

「一理ある。では、ユージンをスミレくんの『保護者』に任命することにしよう。手当は学園から支払う。その後の、スミレくんの進退については、彼女自身が決めるのが良いと思うが、いかがかか？」

「異存ありません」

先生は食い下がることなく、同意した。

迷宮都市《ダンジョン》において、ユーサー王の言葉は絶対だ。

逆らう人はいない。つまり、これは決定事項である。

……俺が保護者？　彼女の？

俺が隣を見ると、転生者《スミレ》もこちらを見ていた。意図せず、見つめ合う。

ぱっちりとした目が、俺を不安そうに見つめている。

「というわけだユージン。任せたぞ。なぁに困ったことがあれば私に相談しにこい！」

「は、はぁ……」

学園長の言葉に、俺は頷《うなず》いた。どんどん事態が進展していく。

俺は改めて、隣の女の子に視線を向けた。……ドキリとした。

色々と慌ただしくて、気が付かなかったが彼女の容姿はとても整っていた。

艶《つや》やかな亜麻色の髪。大きな瞳に、桃色の唇。

ローブの隙間から除く肌は、絹のように白い。

迷宮《ダンジョン》で初めて出会った時にも感じたが。

（とんでもなく綺麗《きれい》な子だ……）

これは異世界転生者だからなのか。

炎の神人族《イフリート》、という特殊な種族だからなのか。

それとも、彼女自身が特別なのか。

いや、余計なことは考えるな。まずは、彼女と向き合おう。

「よろしく。ユージン・サンタフィールドだ」

「スミレ……です。よろしくお願いします」

俺が差し出した手をおずおずと、スミレさんが握り返した。

こうして『異世界』からやってきた転生者であり、『炎の神人族《イフリート》』であるスミレさんの保護者という仕事が増えた。

◇

「で、異世界から来た女の子の世話が忙しくて、私の所に来るのが遅れたってわけ？」

魔王エリーニュスがジト目で俺を睨《にら》む。ベッドの上にだらしなく寝そべるエリーは露出の多い下着姿。目の毒だ。俺はそちらを見すぎないよう、返事をした。

「悪かったよ。この一週間、とにかく忙しくてさ」

俺は両手を合わせて、魔王《エリー》に頭を下げた。東の大陸で用いられる、謝る時のポーズだ。

「ふーん、そうですかー。女の子の世話ねぇ」

「何か言いたげだな……」

「手は出した？」

とんでもないことを言われた。

「出すわけないだろ！」

「へぇ～、本当かしら？」

そう言いながら、エリーが俺の首元に顔を近づける。

「ユージンから他の女の匂いがするわ？　随分とべったりみたいね？」

「……そりゃ、保護者だから」

「吐きなさい！　本当はもうやっちゃったでしょ!?」

「だから何もしてないって！」

なんか浮気を問い詰められるような気分だ。俺はエリーの恋人ではないし、スミレさんに何もしていない。俺はため息をつき、エリーの質問に答え続けた。

その日の魔王《エリー》は、とてもしつこかった。俺は今後、スミレさんのことをエリーに話すのはやめようと誓った。

◇スミレの視点◇

「じゃあ、まずはリュケイオン魔法学園の中を案内するよ」

「はい！　ユージンさん、よろしくお願いします！」

私は緊張しながら、ユージンさんについて行った。昨日は、大きな病院の個室で一夜を過ごした。それから七日間は入院をして、経過観察ということだった。

別に身体《からだ》のどこにも不調は感じないのだけど。異世界での生活について色々注意事項を伝えるためなんだそうだ。

――異世界。

そう、私――『指扇《さしおうぎ》スミレ』は異世界に転生したんだって！

……名字は思い出しました。でも、名前以外の私の記憶は曖昧で。

前世の私は日本人で、東京で生まれ育ったことは覚えている。

家は東京都の品川区にあって、運河が近くを通っている公園で妹と遊んでいた記憶がある。家族の顔はうっすら覚えているが、友人の顔は……ほとんど思い出せない。

そして前世の記憶は、だんだんと夢であったかのように薄れている。

（……実は前世の記憶なんてただの幻なんじゃないかな……？）

なんてことすら思ってしまう。でも、のんびり前世を思い出している暇なんてなかった。

異世界生活はとっても大変だった。

言葉だけは、王様から貰《もら》った魔法の腕輪でなんとかなってるけど、それ以外は全て異文化だから。

食事、衣類、生活ツール。全てをゼロから覚えないといけない。でも身寄りのない私を好待遇で迎えてくれるのは、幸いだった。それは私が『異世界人』だからだ。

この世界の神様は、『異世界人』を大切にするように、という教えを課しているらしい。

神様にマジ感謝！

「スミレさん。こっちだよ」

「は、はい！」

ぼんやりしていた私は、ユージンさんの言葉で我に返り慌てて意識を引き戻した。

私はユージンさんから魔法学園の施設の説明を受けている。

「ここがスミレさんの教室。『特別教室』って言って、しばらくの間はマンツーマンで教師が付くことになってるんだ。たしか、担任はリン先生だったかな。あとで紹介するよ」

「ここが食堂。朝8時から夜8時まで開いてるから、いつでも使えるよ。スミレさんって確か、異世界人だから学校から幾らかの生活費手当が貰えるんだよね？」

「こっちが訓練場。戦士や魔法使いの人たちが使ってる。俺？……結界士にはあんまり縁が無いかな」

ユージンさんが丁寧に説明してくれる。

私はそれを聞き逃さないように、しっかりとメモをとった。

「ここが教員室。あ、リン先生がいるみたいだ。呼びに行くよ」

そう言ってユージンさんが、狐耳《きつねみみ》の美人な先生の所に歩いて行った。

あの狐耳……本物なんだよね？　この世界には、獣人族という人たちがいて猫耳や犬耳の人たちがいる。どうやら私の担任は、狐の獣人の先生らしい。

先生が、私のところまでやってきた。

「君が噂《うわさ》の異世界人か。私はリンだ。君の担任を受け持つことになった。わからないことがあれば、何でも聞いてくれ。たしか、しばらくは病院で生活すると聞いたが……」

「はい、指扇スミレです！　よろしくお願いします！　一週間、病院で生活したあとは学園寮に入るように言われています」

「よろしい、すでに知っていると思うが君の保護者としてはユージンが学園長から任命されている。私はその補佐と言ったところだ。男性には言いづらいような相談があれば、遠慮なく言って欲しい」

「は、はい……よろしくお願いします」

「うん、よろしく」

リン先生は女性の先生だけど、口調は男っぽい。かっこいい先生だ。

何かあったら相談しよう。でも、私の保護者はあくまでユージンさん。

それが、王様からの命令だから。

学生のユージンさんが保護者というのは、私にとっては違和感がある。

けど、こちらの世界では十五歳になると一人前扱いだそうで。十七歳の彼は、成人なのだ。

リン先生は忙しいのか、すぐに自分の席に戻っていった。

再び私を案内してくれるのは、ユージンさんだ。

「ユージンさん、ご面倒おかけします」

私が恐縮して言うと、彼は苦笑した。

「国王兼学園長様から直々に指名された仕事だからね。光栄なことだよ。それに手当も良いからね」

だそうだ。仕事……仕事かぁ。その言葉に、少しだけ心がうにゅ、ってなった。なんとも言えないような気持ち。仕事じゃなくなったら、私とは無関係になっちゃうのかな……？

いやいや！　暗い気持ちになっちゃ駄目！　私は変な考えを頭の隅に追いやった。

小一時間で、主要な学園の施設を一通り教えてもらった。

「これで主要な施設の案内は終わったけど、他に見たいところはある？　学園は広いから一度に全部覚えるのは無理だと思うけど、気になるところはあった？」

ユージンさんが振り返り、質問してきた。

「えっと、まず道に迷わないように、もう一度ゆっくり回りたいです」

「わかった、じゃあ、地図を見ながらもう一度、学園全体を見て回ろうか」

ユージンさんは嫌な顔一つせず、私のお願いを聞いてくれる。

紳士だ。落ち着いた声色で、学園の説明をしてくれるユージンさんの背中を見ながら、私は彼と出会った時のことを思い出した。

——地獄のような炎の中。

優しく微笑《ほほえ》みながら、私に手を伸ばしてくれた。そして、私の手を取ってくれて……。

思い出して、カァーと顔が熱くなった。

(あの時はカッコよかったなぁ……ユージンさん)

モテるんだろうなぁ。

「ああ、そういえば。さっきリン先生に聞いたんだけどスミレさんの『学生証』と『生徒手帳』ができ上がったらしいから、学務課に取りに行こうか」

「はーい」

私は素直に頷く。

「あと、学務課の近くに生徒会室もあるから、そっちもついでに案内するよ」

「確か魔法学園の生徒会室って、すごく大きな組織なんですよね？」

そんな話を先生から聞いた。異世界にも生徒会ってあるんだ。面白いなー！って思った。

「ああ、生徒会は部活扱いなんだけど学園で最大派閥の一つだね。もう一つの巨大派閥が『剣術部』」

「へぇ～」

その二つが双璧なんだとか。剣術部はいかにも異世界って感じ。

「魔法使いの部活って無いんですか？」

「勿論《もちろん》あるよ。ただ、魔法って属性によって全然違うから」

何でも属性別に細かく団体が分かれているらしい。

しかも、それぞれの属性であまり仲が良くないとか……。

「難しいですね」

「まぁ、そのうち慣れるよ」

他にも色々教えてもらったけど、数が多くて一度に全部は覚えきれなかった。

「ところでユージンさんって何の部活に入ってるんですか？」

「……生物部だよ」

「生物部！」

へぇ、なんだかユージンさんのイメージと違って可愛《かわい》らしい。

ここは異世界だし、妖精とかユニコーンとか居るのかな？

「あとで見に行ってもいいですか？」

「まあ、いいけど……」

「？」

あまり歯切れが良くない。見られたくないのかな？　私がそんなことを考えている間に、ユージンさんが学務課の建物に入っていった。私もそれに続く。

学務課で、窓口の女性から私の『学生証』と『生徒手帳』を受け取った。受け取ったのだけど……。

「ユージンさん。『生徒手帳』って大きいんですね」

　手帳っていうから小さめのサイズを想像していたら、ハードカバーの書籍くらいの重量があった。両手でないと持てないくらいの重さだ。これを持ち歩きたくないなー。

「スミレさん、生徒手帳を手に持って『クローズブック』って言ってみて」

「えっと、く、クローズブック……？」

　次の瞬間、ぱっと、音もなく生徒手帳が無くなってしまった。

「えええええっ！　ユージンさん、生徒手帳が消えちゃった⁉」

「次は『オープンブック』って言ってみて」

「オープンブック……？」

　今度は、ぱっと生徒手帳が手の上に現れた！

「わわわっ！」

「そんな感じで、いつでも取り出しができるんだ」

　す、凄《すご》い！　これなら持ち歩きも簡単だ。

「魔法学園の学生証と生徒手帳は、スミレさんの身分証明書であり、ステータスやスキルなど様々な個人情報が記載されてる重要な書類なんだ。出しっぱなしにせず、必ず『クローズブック』で保管すること」

「わ、わかりました！……クローズブック！」

「じゃあ、あとは生徒会棟に寄って行こうか」

ユージンさんがそう言って、隣の三階建ての大きな建物に向かって歩いた。

この建物に生徒会室があるのかな？

「ユージンさん、この建物は？」

「ここが生徒会室だよ」

「……へ？」

こ、これ？

部室っていうか、一つの建物なんですけど……。

「うちの学園で『部活動』は重要だから実績がある部活には建物が与えられるんだ。生徒会は、学園でも有数の大組織だから、部室も大きいんだ」

「へぇ～」

確かに前の世界でも、人数が多い部活の部室は大きかったと思うけど……建物一個って凄いなぁ。

異世界はスケールが大きいや。

「生徒会室の一階は、生徒が出入り自由だよ。部活や授業で悩みがある人の相談窓口なんかもある。スミレさんは、リン先生がいるから必要無いと思うけど」

「あとユージンさんもいますもんね？」

「あ、うん。そーだな」

私が言うと、ユージンさんは少し照れたように微笑んだ。悩みがあったら私は、ユージンさんに相談しようと思っている。だって、すごく話しやすいし。でも……。

（ユージンさんって彼女とかいないのかな？）

もしいたら、ずっと独占しちゃって怒られてるのかも。でもユージンさんとの会話から、女性の影は感じられなかった。いないといいなぁ。い、いや！　深い意味は無いんだけど！

「あら、ユージンくんじゃないですか。珍しいですね」

生徒会棟の一階で、女子生徒に声をかけられた。

腕についている腕章から察するに、その子は生徒会の関係者のようだ。

「こんにちは。お邪魔だった？」

「まさか、いつでも歓迎ですよ。ところでそちらの女の子は？」

「指扇《さしおうぎ》スミレさん。転入生だよ」

「あの噂の異世界から来た!?　わー、お会いできて光栄です。私は生徒会・庶務のテレシアです。よろしくお願いしますね！」

「は、はい……指扇スミレです。よろしくお願いします」

この人の反応を見る限り、私のことは学園内で結構広まっているらしい。

ちょっと恥ずかしい。

「テレシアさんは、さっき言った相談窓口の担当をしてるんだ。困ったことがあれば、相談に乗ってくれるよ」

「ふふふー、いつでも来てくださいね。美味《おい》しい紅茶とお菓子を出しますよ」

「はい、わかりました」

それはちょっと、心が揺れるかも。テレシアさんは、とても話しやすそうな空気を纏《まと》っている。

「じゃあ、そろそろ出ようか、スミレさん」

「はい、テレシアさん。お邪魔しました」

ユージンさんと私は、お辞儀をして退散しようとした。が、テレシアさんの表情は何か言いたげだった。

「ユージンくん。会長には会っていかないのですか？」

「俺が会っても迷惑ですから」

「そんなことは……無いと思いますけど」

「よろしく伝えておいてください」

何やら事情がありそうな雰囲気だ。ちょっと気になるけど、ここでは質問しづらい。

あとで聞いてみようかな。その時、入口から数人の男子生徒が入ってきた。

みな体格がよく、腰には武器を下げている。武闘派っぽい人たちだ。

わー、何か異世界っぽい！　普通に武器とか持ってるんだ！

彼らは談笑していたが、こちらに気付くと表情が変わった。

鋭い目つきになり、こちらへ近づいてきた。な、何？

「おい、ユージン。生物部の雑用係が生徒会に何のようだぁ？」

「まさか、まだ会長に付きまとってるのか？」

「お前は会長とは関係ないはずだろ、ユージン！」

「ちょっと、やめなさいよ」

男子生徒たちが絡んでくるのを、テレシアさんが止めた。

「スミレさん、行こう」

「う、うん……」

ユージンさんは彼らの言葉を無視した。が、男たちは私たちの前に回り込む。

「おい。無視すんなよ、ユージン」

「お、可愛い子連れてんじゃん？」

「ねぇ、君。こんなやつと一緒じゃなくて、俺たちと遊ぼうぜ」

男の一人が、私の肩に手を置こうとしてきた。

（えっ!?）

私は何もできず、身を縮こませる。

――ガシッ！

とその男の腕をユージンさんが掴《つか》んだ。

「嫌がってるだろ、やめろ」

「あぁ！　なにカッコつけてんだ！　離せよてめぇ！」

その男が腕を引き剝がそうとするが、ユージンさんが掴んだままピクリとも動かない。

「くっ、くそ、動かねぇ！」

そして、ユージンさんが手を離すとやっと男が私から離れた。

「てめぇ、喧嘩《けんか》売ってるのか!?」

何でそーなるのよ！　喧嘩をふっかけてきたのは、あんたたちでしょ！

しかし、男子生徒たちは私たちを取り囲んでしまった。

「ゆ、ユージンさん……どうしよう」

「困ったね」

そう言った彼の顔は――

（あれ……？　あんまり困ってない……？）

私は『直感的』に気付いた。ユージンさんはとても落ち着いてる。

ちっとも慌てていない。じゃあ、私も慌てなくていいのかな？

むしろ目の前の男子生徒たちのほうが、冷静じゃない様子だった。

「おい、怪我《けが》したらどうするんだ!?」

腕を摑まれた男の隣にいるやつが、因縁をつけてくる。

「回復魔法かけようか？」

「そうじゃねぇよ！」

……ユージンさんって、もしかして天然なのかな？

「随分と騒がしいですね。何かありましたか？」

その時、一人のすらりとした美しい女子生徒が階段を下りてきた。

「会長！」

テレシアさんの声が聞こえた。同時に、こちらに臨戦態勢をとっていた男たちが、ぱっと距離を取る。その人を例えるなら、一本の白く美しい可憐《かれん》な花のようだと思った。

キラキラと光る黒髪に、瑠璃色の瞳。歩き方、立ち姿、話し方全てに気品があった。

彼女が、この魔法学園の生徒会長らしい。

「どうして、騒いでいるのかしら？」

その女の人の言葉で、さっきまでユージンさんに威勢よく絡んでいた人たちが黙ってしまった。

気まずそうに視線を逸らしている。なによ、その態度！

さっきまでと全然違う！　生徒会長さんが私たちのほうに視線を向けた。

そして、ぱっと表情が変わる。生徒会長さんが一瞬だけ驚いた顔になり、そして満面の笑みになった。

「ユージン!?　私に会いに来てくれたのね！」

そして、ユージンさんの胸に飛び込んだ。

え、ええっ〜〜〜〜〜！！！

三章／ユージンは、天頂の塔へ向かう

◇スミレの視点◇

「ユージン!?　私に会いに来てくれたのね！」

生徒会長さんが、ユージンさんに抱きついた。

最初に見た時には、気品あふれる令嬢のように見えた生徒会長さんが、今はデレデレでユージンさんに頬を染めてくっついている。

（ええ～～～～！）

この二人って、そーいう関係？

でも、ユージンさんの表情はとても困っている顔をしていて。

テレシアさんは、「やれやれ」みたいな表情で。

さっき絡んできた男たちは、ギリ……と歯ぎしりをしていた。

……私は、何となく彼らの気持ちを察してしまった。

「サラ……、落ち着けって」

「でもぉ、久しぶりに会えたのに。少しくらいゆっくりしていけば？　ねぇ、いいでしょ？」

「今、スミレさんを案内中なんだよ。また今度な？」

「…………スミレ？」

ユージンさんにデレデレしていた生徒会長さんの表情が変わる。

キョトンとした顔をしている私に気付いたようだった。

すっ……、と生徒会長さんの表情が真顔になる。

「ユージンと一緒に居るということは……あなたが『異世界転生』してきたという女の子かしら？」

「は、はい！　指扇スミレです。よろしくお願いします」

「初めまして、サラ・イグレシア・ローディスです。この学園の生徒会長を務めているわ」

さふぁー、と美しい黒髪をかき上げる。さっきまでとはうってかわって、クールビューティーな雰囲気を纏っている。いや、ギャップ凄《すご》っ！

「この子が異世界人!?」

「なんでそんな子がユージンといるんだ!?」

さっき絡んできた男たちが騒いでいる。

「定例会議で共有しましたよ。先日の迷宮《ダンジョン》火災でユージンくんがスミレさんを救助したんです。学園長の指名で彼がスミレさんの保護者になりました」

テレシアさんが説明してくれた。どうやら、私のことは会議の議題にまでなっているらしい。

「ちっ、また学園長の贔屓《ひいき》かよ」

「裏口入学野郎がっ！」

う、裏口？　私はちらっとユージンさんの方を見ると、彼は所在なさげに頭をかいた。

「ちょっと！　彼はきちんと特別入学試験をクリアして入ってるわ。いつまでそんなことを言ってるの！」

テレシアさんが声を荒らげる。

「はっ！　そいつ専用の試験が用意されたって話だろ！」

「白色単色の魔力《マナ》のやつがリュケイオン学園に受かるはずないんだよ！」

「帝国貴族だっていう親父《おやじ》のコネで入ったんだろ？　なぁ、ユージン！」

男子生徒が口々に、ユージンさんを罵る。

「ユージンの結界魔法は強力よ。あなたたちだって、以前の試合で傷一つつけられなかったじゃない」

生徒会長さんがたしなめるも、男子生徒たちの口撃は止まらない。

「あの時とは違う！　今ならこいつにだって俺の攻撃は届く！」

「それにこいつは攻撃ができないんだ。戦士としては欠陥品だ！」

ユージンさんの表情が僅かに曇った、……気がした。

なんなの！　こいつら、さっきから！

「ユージンさん！　もうここを出ましょう！」

腹が立った私はユージンさんの腕を摑み生徒会の建物の出口へ向かった。

「ああ、そうだな」

ユージンさんも同じ気持ちのようだ。

「なんだ、女に庇《かば》ってもらうのか!?」

後ろから嫌な声が聞こえたけど、無視無視。

「え……、もう行っちゃうの？　ユージン」

生徒会長のサラさんがユージンさんを呼んだ。ユージンさんが振り返る。

「邪魔したな、サラ」

「また、会いに来てくれる？」

「……ああ、また今度」

サラさんからは、名残惜しそうな視線を、絡んできた男たちからは、憎々しげな視線を受けながら、私たちは生徒会室を出ていった。

◇ユージンの視点◇

「もう、何なのあいつら！　腹が立つね、ユージンさん！　変な言いがかりをつけてきて！」

隣のスミレさんがプリプリ怒っている。俺としても少々業腹ではあったが……。

スミレさんに、胸の内を全部言葉にしてもらった気がした。

「ま、完全に言いがかりってわけじゃないんだ。俺の魔法を見せてあげるよ」

俺は腰に差してある、探索用のナイフを鞘《さや》から引き抜いた。

「スミレさん、これ触ってみて。刃じゃなくて背の方を」

「はぁ……、おっきいナイフですね」

トントン、とスミレさんがナイフの刃の背の方を指で叩《たた》いている。

「迷宮《ダンジョン》の魔石や魔物の素材を剝ぎ取るのにも使うから、頑丈に作られてるんだよ。じゃあ、このナイフで指を切ってと……」

「えっ、えっ!?　ゆ、ユージンさん、一体何を」

俺の指からわずかに、赤い血が滴る。

スミレさんが焦っているが、これくらいじゃ痛みもほとんど感じない。

「このナイフに俺が魔力《マナ》を込めて『魔法剣』にすると……」

ナイフの刃が、白く輝き始めた。

「スミレさん、もう一回ナイフを触ってみて」

「う、うん……」

スミレさんが魔力《マナ》を通したナイフの刃を触り、すぐに気付いたようだ。

「え……、ナイフがぐにゃぐにゃしてる？」

「俺の魔力《マナ》を通すとこうなるんだ」

「うわー、柔らかい～。ユージンさんの魔法だけこうなるんですか？」

「そう。さらに、こうすると」

俺がナイフで自分の指を切りつけた。

「きゃぁ！　何をするんですか！　危ない！」

「大丈夫だって、ほら見てみ」

「え～、血が出て……ないっ!?　しかもさっきの傷が治ってる!?」

「俺の魔法剣で切ると、相手が回復するんだ……」

「へ、へぇ……」

スミレさんが驚いた顔をしている。

そりゃ、そうだよな。俺が魔法剣士を諦めた最大の理由。

白魔力《マナ》では、攻撃ができない。どころか、相手が回復する。

「あいつらが俺を欠陥剣士だって言ったのわかっただろ？」

「え、えーと……」

スミレさんが困った顔をしている。

「でも、裏口ってのは嘘《うそ》だぞ。きちんと正規の入試を受けたからな。ただ、攻撃魔法を俺は使えないから試験が特別試験だったんだ」

「そうなんですね」

特別試験は、俺用に作ったものじゃなくて過去にも同じような入園希望者が居たから作ってあったものらしい。だから、裏口入学をしたわけじゃない。

ただ、その特別試験に合格した結果、学園長から「マジで受かるやつ居ると思わなかった」というあり得ないコメントを貰《もら》った。

過去に一人も合格者が居ない試験だったらしい。

そんなもん試験にするなよ……と思ったが、それだけ白魔力《マナ》のみの合格者というのは珍しいのだろう。

おかげで、白魔力《マナ》の単色保持者に対する専用試験の、唯一の合格者ということで、学園長に珍獣扱いされ、目をつけられてしまった。

その後「ユージンなら地下牢《ろう》の魔王に近づいて平気だろ」と、魔王の世話役まで押し付けられたというわけである。

何か思い出すと色々あったなーという遠い目をしていたら、スミレさんの声で引き戻された。

「とにかく、腹が立ったのでもう二度と生徒会室には行きませんから！」

「そっか」

そういうわけにもいかないと思うが、俺は苦笑で返した。

「…………」

「……………スミレさん？」

もう話は終わりだ、と思ったが彼女はまだ何か言いたげだった。

「……ところで、もう一個聞きたいことが」

「あぁ、うん」

何となく予想はついた。

「生徒会長の……サラさんとはどんなご関係なんですか？」

「……」

まぁ、それだよな。生徒会長のサラが俺に対して異様に距離感が近いのは、リュケイオン魔法学園だと周知の事実だ。

「あの！　言い辛《づら》いことだったら大丈夫なんで！」

「別にたいした話じゃないよ」

そう前置きして、俺は語った。

——サラとの出会いは、約一年前。

学園に入学して間もない頃に、俺たちは初めて顔を合わせた。

俺は攻撃ができない剣士。

そして、サラは『回復が苦手な』聖職者《シスター》というお互い、訳ありだった。

もっとも俺のように才《アビリティ》が一つに偏ってるわけではなく、才能はあるがとても下手、という状態だった。

サラは回復魔法がからっきしだったが、聖国で厳しい修練を積んだ戦士。

とはいえ、回復魔法が使えない聖職者《シスター》を仲間にしたいやつはいない。

必然的に俺はサラと組むことになった。

パーティーを組んだ期間は、約半年。

サラが攻撃担当の聖職者《シスター》。俺が回復担当の剣士。

変わったパーティーだったが、なんとか天頂《バベル》の塔の九階層まで到達することに成功した。

「そうこうするうちに、サラの才能が開花してさ。今のサラの職業《ジョブ》は『聖騎士《パラディン》』。回復魔法も使えるようになったし、聖剣を操る学園でも指折りの戦士だ」

「……ユージンさんとのパーティーは？」

「サラが『普通科』から『英雄科』に転籍したから、その時に解消になったよ」

「……そう……ですか」

スミレさんの顔が暗く陰る。どうやら、悪いことを聞いたと思ったらしい。

「昔のことだよ。サラは俺とパーティーを解消したことを気にしているらしくてさ。ああやって、気を使ってくるんだ。別に俺のことは気にしなくていいのにな」

「え？」

俺の言葉に、スミレさんが不思議な顔をする。

「どうかした？」

「サラさんって……、ううん。なんでもないです」

スミレさんが納得いかないように、首をかしげている。

が、それ以上何かを言ってくることはなかった。

よし、じゃあこの話題は終わりにしよう。

「さっき学務課で言われたと思うけど、『生徒手帳』と『学生証』は絶対に無くさないようにに気をつけて。リュケイオン魔法学園の『学生証』は、南の大陸で最上位に信頼できる身分証明書になる。こいつがあれば、ほとんどの国に入国できるし、図書館なんかの公共施設にも入れる。あと『最終迷宮《ラストダンジョン》』に行くには『学生証』が必要だから、生徒手帳に学生証入れがついてるから、一緒に保管してくれ」

「は、はい！　わかりました」

俺はスミレさんに説明した。スミレさんが、こくこくとうなずく。

これは学園の生徒にとって、非常に重要な注意事項だ。

何度も念押しをしておいたほうがいい。

が、俺の言葉にスミレさんは、別の興味を持ったようだった。

「『最終迷宮《ラストダンジョン》』って……街の真ん中に立ってる凄《すご》く大きいあの塔のことですよね？」

スミレさんが、学園からも見える『天頂の塔《バベル》』を指差した。

近くから見ると天に続く壁のようにすら見える、巨大な塔。

南の大陸における最大規模の迷宮《ダンジョン》。

「うん、この学園の生徒なら迷宮《ダンジョン》探索は必須科目なんだ。少しずつ教えるよ」

と言っても俺が案内できるのは、九階までなんだが。

ま、スミレさんは異世界に来たばっかりだし迷宮《ダンジョン》探索はずっと先だろう。

「行ってみたい！」

「え？」

スミレさんの予想外の反応に驚く。

「私って『最終迷宮《ラストダンジョン》』からこっちの世界にやってきたんですよね？」

「だと思うよ。そこで発見されたし」

「じゃあ、『最終迷宮《ラストダンジョン》』から元の世界に戻る方法がわかるかもしれないですよね？」

「……まあ、可能性はある……かな？」

そっか、スミレさんは元の世界に帰りたいのか。

正直、その希望はかなり望み薄だと思う。

けどそれを今、言う必要はない。だから俺は別の言葉を口にした。

「来週、一回行ってみる？　九階層までなら俺が案内できるから」

「いいんですか!?」

「この学園の生徒なら迷宮《ダンジョン》探索は避けられないからね。少しずつ慣れていこうか」

「でも、一週間後？」

「色々準備があるからね。探索に必要なものを買いに行こう」

「はぁー、なるほどぉー」

「学園施設にも慣れてもらいたいから。明日も案内するよ」

「わかりました！」

スミレさんは、元気よく返事をした。

それから一週間、俺は付きっきりで彼女にこの世界の生活方法をレクチャーした。

まった。

◇

「とまあ、こんな感じかな。最近の出来事は」

「ふーん」

スミレのことはエリーに話すまいと決めていたのだが、結局細かく白状させられてし

「で、今から迷宮《ダンジョン》探索に行くとこ……何だよ、エリー？」

俺がここ一週間の話をざっくり説明したら、エリーが不機嫌な表情をしている。

「あーあ、ユージンが異世界の女ばっかり構うからツマンないー」

「仕方ないだろ。学園長の命令だし、スミレはこっちの世界に来たばっかりなんだから」

「あら、スミレ？　呼び捨てになってる！　やっぱり手を出したのね！」

「出すわけないだろ！」

「じゃあ、なんで呼び捨てなのよ。さっきの説明だと違ったわよね？」

「敬称つけられると、他人行儀で嫌なんだってさ」

もっともスミレは俺のことをユージンさんと呼んでるが。

別に呼び捨てでもいいんだけどな。

「じゃあな、エリー。俺はこれから『天頂の塔《バベル》』に向かうよ」

「迷宮《ダンジョン》探索の様子を見てるわねー☆　そのスミレって子に手を出してないか」

「出さないから！　それに別に見なくていいよ……低階層の探索なんて」

九階層までの退屈な探索だ。見所など、何も無い。

「がんばってー、ユージン」

「はいはい」

俺はベッドの上で猫のように寝転ぶ魔王様に手を振り、第七の封印牢《ろう》をあとにした。

◇

「わー、これって迷宮《ダンジョン》の内部が映ってるんですね！」

スミレが最終迷宮《ラストダンジョン》前の大広場で、巨大な映像器《モニター》を見上げて大声を上げた。

「中継装置《サテライトシステム》って言うんだ。最終迷宮《ラストダンジョン》の内部の様子は、ここだけじゃなくて南の大陸の各国にも発信されてて、どの国がどこまで探索が進んでいるかがわかるんだよ」

「す、凄い機能だね!?　でも何のために？」

異世界人のスミレには、ピンとこないらしい。

「一つは治安のため。普通の迷宮《ダンジョン》では、探索者同士のトラブルや犯罪行為は珍しくない。でも最終迷宮《ラストダンジョン》天頂の塔《バベル》では、中継装置《サテライトシステム》のおかげで探索者の品行は極めて高水準なんだ。皆に見張られているから」

「へぇ……あれ？　私は襲われそうになったんだけど……」

スミレが首を傾《かし》げている。

「ああ……、スミレについては多分魔物と思われたから」

これは仕方がない。迷宮《ダンジョン》を火の海にした張本人なのだ。

俺も最初は、スミレを魔物か魔族だと思って警戒していた。

「そ、そうですか……」

スミレはしょんぼりと項垂《うなだ》れた。

「今は、この学園の生徒なんだからあんまり気にするなよ。変なことを言うやつは俺がぶっとばすから」

「ふふ……、わかりました」

スミレの表情が元に戻る。

「で、もう一つの理由は南の大陸の国々が、国家の威信にかけて最終迷宮《ラストダンジョン》に挑んでる。だから、他の国がどんな方法で探索をしているかみんな血眼でチェックしているんだよ」

「迷宮《ダンジョン》探索をすると国にとっていいことがあるんですか？」

異世界に来て一週間しか経《た》ってないスミレらしい疑問を口にする。

俺は歴史的な背景から説明することにした。

「五百年前まで、南の大陸では戦乱が続いていたって知ってる？」

「リン先生の授業で習いました」

かつて『帝国』と『神聖同盟』と『蒼海連邦《そうかいれんぽう》』の関係は、現在のように穏やかではなかった。血なまぐさい戦争の歴史だった。

「それに終止符を打ったのはとある『探索者』なんだ。彼は最終迷宮《ラストダンジョン》天頂の塔《バベル》で発見した武器を片手に、帝国、神聖同盟、蒼海連邦の軍隊を一蹴した」

「えええ、たった一人で!?」

「いや、もう一人仲間がいたから、その二人だけだね。もっとも彼は『正義の女神様《アルテナ》』から戦争を止める『神託』を賜ったから、嫌々だったそうだけどね。だから、戦争を止めたあとも彼はダンジョンに挑み続けた。そして、戦争をしていた国々は気付いたんだよ。戦争に勝つより、最終迷宮《ラストダンジョン》『天頂の塔《バベル》』を攻略したほうが遥《はる》かに見返りが大きいということを」

「そっかー。だから、どの国も迷宮《ダンジョン》探索に必死なんだ」

「それ以来『大探索時代』って呼ばれるくらい、迷宮《ダンジョン》探索が盛んで、戦争は起きなくなったんだ。代わりに迷宮《ダンジョン》探索をすることで競争をしてる」

「へぇ～」

スミレが感心したように、ふんふん頷《うなず》いている。

そんな会話をしているうちに、迷宮《ダンジョン》入口の受付の順番が回ってきた。

俺とスミレは、生徒手帳を差し出す。受付はあっさり終わった。

隣を見ると、スミレが緊張しているのか表情が硬い。

「気楽にしていいよ。じゃ、行こうか」

「う、うん！」

俺たちは、迷宮職員《ダンジョンスタッフ》へ学生証を見せ、迷宮《ダンジョン》内へと足を踏み入れた。

「わぁ！　凄い！　建物の中なのに外に居るみたい！　迷宮《ダンジョン》って言っても暗くないんだね！」

スミレがパタパタと走りながらきょろきょろと見回している。

初心者と丸わかりの動きだが、ここで浮かれる分には問題ないだろう。

迷宮《ダンジョン》の一階層は、魔物がいない。危険の無い安全な領域《エリア》だ。

至るところに探索者向けの露店が立ち並んでいる。そして客引きが多い、賑《にぎ》やかな階層だ。

「よ！　可愛《かわい》いお嬢さん！　うちの店を見ていかないかい！」

「おーい！　嬢ちゃん、初心者かい？　だったらこの魔道具《マジックアイテム》は必須だよ！」

「今だけうちの商品が二割引きだ！　おっと、そちらのお嬢ちゃんとは目が合ったからさらに一割引いちゃおうかな」

「え、えーと……」

スミレが戸惑っている。初めて天頂《バベル》の塔の一階層に来た探索者にあるあるだな。

俺は客引きに捕まらないよう、スミレの手を引っ張って奥へと進んだ。

奥に進むにつれ、露店の数は減っていく。

眼《め》の前に、大きな石のオブジェのようなものが見えてきた。

「ねぇ、ユージンくん！　この大きな石碑ってなーに？」

「ああ、それは迷宮《ダンジョン》探索の記録保持者《レコードホルダー》の一覧だよ」

草原の中にポツンと目立ってる巨大な石碑の前にやってきた。

最終迷宮《ラストダンジョン》の一階層の中央に位置する目立つオブジェだ。

「へぇ……これが記録保持者の人たちなんだー」

スミレが感心したように見上げるのに釣られて、俺も一緒に石碑を眺めた。

一位　クリスト・ガーマ（記録５００）
二位　ユーサー・メルクリウス・ペンドラゴン（記録４５１）
三位　ブルーノ・ローゼンハイン（記録４３７）
四位　レオンハルト・ロートシルト（記録４０２）

五位　オルランド・バッキー（記録３９１）
六位　シャルロット・マーレイ（記録３４９）
七位　クラーク・ロマック（記録３２６）
八位　チェスター・マクダフ（記録３０３）
九位　ロザリー・J・ウォーカー（記録３００）
十位　メディア・パーカー（記録２８９）
…………
…………
……
……
…
…
伝説の探索者たち。
大きく名前が書かれているのは、探索者パーティーのリーダー名でその下に少し小さな文字でパーティーメンバーの名前が記載してある。
ちなみに、一番目の探索者は単独《ソロ》である。化け物かな……？
探索者にとって、ここに名前を刻むのは大きな夢だ。それはとてつもない困難な道である。

もっとも上から二番目に、見慣れた学園長の名前があるわけだが……。

本当にとんでもないよなぁ、あの人は。

上位の九番目まではここ百年ほど記録が破られていない。

一位に至っては五百年間、不動だ。

(俺もここに名前を載せることを目指した時期もあったなぁ……)

『最終迷宮《ラストダンジョン》』の探索記録を更新する。それは南の大陸において最高の栄誉になる。

帝国軍士官学校から逃げてきた俺にとって、クラスメイトたちを見返す機会だと思った。

が、伝説の壁は厚かった。現在の俺の記録は九階層。低級の探索者である。

「ユージンくんは、記録保持者を目指さないの？」

「……まあ、俺のことはいいよ」

曖昧に言葉を濁し、一階層の中心地へと向かった。

そこには、いくつもの迷宮昇降機《ダンジョンエレベーター》がそびえ立っている。その数、十基。

それぞれの迷宮昇降機《ダンジョンエレベーター》には行列ができていた。

「えええっ！　エレベーターがあるの!?　ダンジョンなのに!?」

案の定、スミレが驚きのリアクションをした。

「便利だろ？」

「便利って言うか……アリなの？」

「一度、自力で到達した階層までしか行けないからそこまで万能じゃないよ。これが無きゃ百階層や二百階層なんて絶対に無理だからさ」

「そ、そっかぁ……」

「じゃあ、何階から行く？　やっぱりスミレが居た五階層？」

スミレは五階層で発見されたので、そこまでなら迷宮昇降機《ダンジョンエレベーター》で行けるはずだ。

「う、うーん……あそこかぁ。行きたいような、行きたくないような……」

スミレが腕を組んで、うむむ、と難しい顔をしている。

俺としては急ぐ必要は無いので、ゆっくり待っていようと思った。

「うーん、やっぱりこういうのは二階層から？　でも、先にどんなものか上の階層を見ておいた方が……どうしよっかなぁ～」

ころころと表情を変えているスミレ。

初めての探索だ。ゆっくり悩むのも、初心者にとっては大事なことだ。

考えなしに先に進んでしまう探索者のほうが危険である。

俺はスミレの結論が出るのを待っていた。その時だった。

「おい、はやくしろ！」

突然、後ろから怒鳴られた。振り返ると十数名の探索者が立っている。

（探索服は、青地に黄色の盾の紋章。『蒼海連邦』に属する国の探索者か……）

「学生風情が我々の進行を邪魔するな！　順番を譲れ！」

「ゆ、ユージンくん」

スミレが怯《おび》えたように俺の後ろに隠れた。こいつら……マナーが悪いな。

迷宮昇降機《ダンジョンエレベーター》は全部で十機。俺たちが乗ろうとしているものだけじゃない。

そもそも、俺たちより前に来てまだ迷っている探索者たちだって他にいる。

何でわざわざ、ここに来たのか？

どうやら俺たちが見るからに若い探索者二人組で、脅せば順番を譲ると思ったらしい。

たちが悪い。それに迷宮昇降機《ダンジョンエレベーター》の階数選択は、探索において重要な決定だ。

時間をかけることは悪いことじゃない。

そして、迷宮昇降機《ダンジョンエレベーター》の順番を急《せ》かすのは初心者探索者だけだ。つまり彼らは……。

（素人さんか。言い争うだけ時間の無駄だな……）

「先にどうぞ」

俺は相手にするのもバカバカしいので、譲ることにした。

「ふん！」

先頭の隊長らしき男が大股で、俺たちの横を通り過ぎた。

「魔法学園の学生か、気楽なものだな」

「そんな装備で大丈夫か？」

「君らは二人だけか。初心者は恐ろしいな」

周りの探索者たちも当然のような顔をして、横切っていく。

「今日こそは十階層を突破するぞ！」

「「「「はい！」」」」

そんな隊長の声が聞こえた。

……おいおい、そんなに気合入れてるくせにまだ十階層をクリアしてないのかよ。

「嫌な感じ」

スミレがぽつりと言った。

「気にせずに行こう、迷ってるなら二階層からゆっくり攻略しようか」

「うん！」

俺たちは『二階層』へ続く階段へ向かって歩き始めた。

――『天頂の塔《バベル》』二階層　草原領域《エリア》

一面に広がる若草色の草原と、まばらに深緑の葉が茂る低木が生えている見晴らしのよい階層だ。

「ユージンくん、一階層と景色はあんまり変わらないんだね」

「スミレ、油断するなよ。二階層からは魔物が出現するから」

「はい！　わかりました！」

スミレが緊張した声で返事をする。

もっとも危険度ランクの非常に弱い魔物しか居ない。

噛《か》み付かれても少し血が出る程度だろう。

「スミレ、俺からあんまり離れないように。俺の『結界魔法』と『回復魔法』の届く距離は、俺の立っている位置から数歩以内だけだから」

「うん！　気を付けるね！」

この一週間、何度も注意した点だ。

俺は魔法の届く範囲が極端に狭い。俺がパーティーを組めずにいる理由でもある。

複数人をまとめて回復できないのだ。回復士として、優秀とは言えない。

おかげで、今までほとんど部隊で行動をしたことがない。

集団行動は、唯一サラとコンビを組んだ時だけだ。

「よ、よーし。かかってこい！」

スミレは、学園の防具店で購入した盾を構えている。

油断なくきょろきょろ見回す姿が微笑《ほほえ》ましい。

が、問題があった。いつまで経《た》っても、魔物が来ない。

「ユージンくん、魔物がいないよ？」

「……妙だな」

二階層を適当にぶらついてみたのだが、全く魔物が出てこない。

一瞬、角ウサギの姿が見えたが俺たちを見ると、ビクッとしてあっというまに逃げて行った。

俺はちらっとスミレを見た。そして、気付いた。炎の神人族《イフリート》であるスミレ。

その身体《からだ》からは、膨大な魔力《マナ》が溢《あふ》れ出ている。

初めて会った時のように、暴走して炎が出ることは無くなったが魔力《マナ》の保持量は健在だ。

普段、生物部で扱っている危険な魔法生物を見慣れているせいで気にしてなかったが、炎の神人族《イフリート》の魔力《マナ》は並みの魔物にとって脅威だろう。

スミレを見るなり、一目散に逃げ出している。

（これじゃあ迷宮《ダンジョン》探索の経験にならないな……）

「スミレ、迷宮昇降機《ダンジョンエレベーター》で五階層まで行こう」

「えっ!?　いきなり？　大丈夫かな？」

「今日は魔物の数が少ないみたいだから」

スミレの魔力《マナ》で魔物が怯えてしまっている……とは伝えなかった。

俺たちは上層へと向かった。

◇『天頂の塔《バベル》』五階層◇

景色は引き続き、草原エリアのそれだ。
七日前に火の海になったはずだが、すっかり元通りになっている。
迷宮職員《ダンジョンスタッフ》さんの消火活動と『天頂の塔《バベル》』の自己修復機能によるものだろう。
「魔物いないね～」
「……」
本当はいるんだよなぁ……。気配はある。
遠目にこちらを窺《うかが》っている魔物の視線を感じる。
どうやら五階層を火の海にしたスミレを魔物たちも覚えているらしい。
二階層よりもさらに魔物が怯えてしまっている。
まさか、ここまでとは。さらに上に進むしかないか……。
しかし、初探索で六階層って結構な記録だぞ？
普通はこんなスピードで階層を上げてはいかない。
俺の時は、数日かけて一階層ずつ上がっていった。
――異世界転生者は『特別』だ。一般常識に当てはめないほうが良いぞ、ユージン。

顎髭《あごひげ》を撫《な》でながら、ニヤリと笑ってたユーサー学園長の言葉を思い出した。

（なるほど、学園長の言う通りだ）

六階層に進むと、さすがに近づいてくる魔物もちらほら出始めた。

現れたのは灰狼《グレイウルフ》。危険ランク２の魔物だ。

「き、来たよ！　ユージンくん！」

スミレが焦った声を上げる。

「落ち着け、スミレ。俺が隣でフォローするから」

俺はスミレをいつでも守れるように、構えた。

しかし、俺が対処するのでなくあくまでスミレに任せる。

まずは、冷静に魔物の行動を観察してほしいところだ。

灰狼《グレイウルフ》はそれなりに危険な魔物だが、注意すれば初心者でも十分対処できる。

「よーし！　来い！」

スミレの気合を入れる声が聞こえた。ちなみに武器は持たせていない。防御のための、盾だけだ。まずは、自分の身を守れるようにという狙いだった。

それに反応してか、スミレの身体を取り巻く魔力《マナ》が増大する。

スミレの感情に反応して、魔力《マナ》が上がっている？

普段の魔力《マナ》も凄《すさ》まじいが気合を入れた炎の神人族《イフリート》の魔力《マナ》は、とてつもなかった。

膨大な……超級の魔法使い十人分にも匹敵するような魔力《マナ》がスミレの身体を覆っている。

これが伝説の炎の神人族《イフリート》の力……なのか？

スミレが発する赤魔力《マナ》によって、……ジジジ、と地面が焦げている。

燃えるような魔力《マナ》が地面越しに伝わり、灰狼《グレイウルフ》の居る所に達した。

灰狼《グレイウルフ》は「キャイン」と情けなく鳴き声を上げ逃げて行った。

……多分、地面が焼けて、足の裏が熱かったのだろう。

「あ、あれ……？　行っちゃった」

盾を構えたスミレがぽかんと、している。

（本気《マジ》か。魔力《マナ》を見せただけで魔物を追っ払ったよ……）

「幸運《ラッキー》だったな」

「う、うん」

納得いかないように首を捻《ひね》るスミレ。その時、ふと気づいたことがあった。

「あれ？　スミレの盾が燃えてないか？」

「えっ！　わわっ！　本当だ！　大変、消さなきゃ！」

スミレの持つ盾が、真っ赤になっている。が、よく見ると様子がおかしい。

赤く燃える盾は、決して焼け焦げることなく淡い光を発している。

これは……？　もしかしたら。

「……魔法の炎が付与《エンチャント》されてる……、のか？」

「付与？」

「武器や防具に、属性効果をつける魔法だよ。普通は付与専用の魔法を使う必要があるんだけどな」

どうやら炎の神人族《イフリート》であるスミレの魔力《マナ》には、付与効果もあるらしい。

魔法の火属性が付与された盾は、しばらく赤く輝き続けていた。

「凄《すご》いな……、魔力《マナ》を込めただけでこんなことができるのか」

「ふーん？」

スミレはいまいち、凄さがわかっていないようだが、武器や防具への付与魔法《エンチャント》は、高度な魔法だ。付与魔法《エンチャント》を使える魔法使いは重宝されるし、依頼をするとそれなりの金額が必要になる。

この能力が知られれば、スミレを迷宮《ダンジョン》探索に誘うやつも現れるだろう。

……俺の保護者期間は、思ったより短いかもな。そんな予感がした。

「ユージンくん？」

「なんでも無いよ、先に進もうか」

一抹の寂しさをごまかし、俺は迷宮《ダンジョン》の上階層を目指した。

できれば多少なりとも魔物との戦闘を経験して欲しい。が、誤算があった。

炎の神人族《イフリート》の凄さが、あまりにも想定外過ぎた。

七階層にいるのは凶暴で知られる『大狼《おおおおかみ》』の群れ。

八階層を縄張りとする『大黒熊』は、人族の倍の高さを誇る巨大で危険な魔獣だ。

そして、九階層には『赤獅子《じし》』という、獣でありながら火魔法を操る恐ろしい魔獣がいるのだが……。


（（……ボクタチ邪魔シナイノデ、ドウゾ通ッテクダサイ……））

とばかりに、全く襲ってこない。

特に『赤獅子』にいたっては、炎の神人族《スミレ》を見た瞬間に飛び跳ね、見えるか見えないかの遠くのほうでプルプル震えていた。


（…………お前）


俺が九階層に来た時は、「獲物だ！」とばかりに襲ってきたじゃねーか!!

どうやら火の魔獣にとって、炎の神人族《スミレ》は逆らえないほどの格上な存在らしい。

結局、六階層から九階層までまともな戦闘になることはなかった。

おいおい、俺の最高記録に並ばれちゃったよ……。

「ユージンくん、どうしようか……？　この上って階層主《ボス》の領域だよね？」

「ああ、そうだな……」

「思ったより早く着いちゃったね」

スミレがキョトンとしている。

――天頂の塔《バベル》・十階層。

まさか、初日でここまで来てしまうとは。十階層には、俺も行ったことが無い。

だが、中継装置《サテライトシステム》で見たことはある。ここに居るのは『天頂の塔《バベル》』における最初の階層主。

俺は挑戦したことはないが……。

ちらっと、スミレの顔を見た。最初の緊張感は無くなっている。ゆるんだ表情。

これは良くない。緊張し過ぎも駄目だが、危機感が無い探索者は短命だ。

九階層まで難なく来られる才能。きっとすぐに俺を追い抜いて、優秀な探索者になるだろう。

だが、初探索で魔物と出会えず九階層に着いてしまい、「こんなもんか」と思って先に進むのは危険だ。

スミレの保護者としては、何か『経験』を持ち帰ってもらいたい。

「階層主の姿を見ておこうか」

俺はスミレに提案した。それを聞いてスミレの顔がひきつる。

「ぼ、ボス!? だ、大丈夫かな？」

「階層主《ボス》は縄張り《テリトリー》内に入らなければ安全だから」

それにいざとなれば、俺が全力でスミレを守れば良い。

大勢を一度に守ることはできなくても、一人を守るだけなら十分自信がある。

ふと第七の封印牢《ろう》での、会話が蘇《よみがえ》った。

――ユージンに傷を負わせるのは、魔王《わたし》でも苦労するかも
――本当か？　エリー
――ええ。ユージンはもっと自信を持ったほうがいいわ
――そっか……。

かつて魔王《エリー》に言われた言葉を思い出す。俺は魔王にお墨付きをもらっている。だから、大丈夫……のはずだ。

「そ、そっか……。うん、ユージンくんがそう言うなら！」

ニコッとスミレが笑った。俺を信用してくれている顔だ。

「行こうか」

「うん！」

小さく深呼吸をする。俺たちはゆっくりと十階層への階段を上がった。

四章／ユージンは、階層主と戦う

——階層主《ボス》が居座る十階層はこれまでの領域《エリア》とは大きく異なる。

十一階層へ上がる階段の付近が、階層主の縄張り《テリトリー》になっている。

そのため階層主を倒さずに、上の階層に移動することはできない。

十階層には、九階層までと異なり魔物たちの姿はない。

草食動物の姿がちらほら見える。そしてそいつらは全て階層主《ボス》の餌である。

その領域において圧倒的な力を誇る階層主が、他の領域に降りて迷宮《ダンジョン》の生態系を壊さないための縄張り。

——グオオオオオオオオオオオォォォォ!!

咆哮《ほうこう》が響いた。スミレが、ビクリと肩を震わせる。

俺たちは階段の出口から十階層の様子を眺めた。

そこには一つの巨大な黒い影と、その周りをせわしなく動く小さな影があった。

「う、うわあああああああ！」

「た、助けて!!」

「立て直せ！　戦える者は逃げるな！」

「無理です、隊長！　撤退しましょう！」

「駄目だ！　今度こそ、今度こそ、我が国が十階層を突破しなければ……」

さっき迷宮昇降機《ダンジョンエレベーター》で俺たちの順番を抜かしていった『蒼海《そうかい》連邦』の探索者たちだ。

どうやら階層主に苦戦しているらしい。

「もう少し近くまで行って他のチームが階層主と戦っているのを観察しよう。近づかなければ安全だから」

「ほ、本当に!?」

先程までの緊張感のない表情とは全然違う。これは良い経験になるはずだ。

スミレがビクビクしているので、俺は手を引っ張ってあげて階層主のほうへ近づく。

蒼海連邦の探索者部隊と階層主が戦っている周りには『光る白線』が見える。

これは『挑戦者の境界《ボーダー》』と呼ばれる。

この外に居る限り、階層主が俺たちに襲いかかることはない……らしい。

もっとも、無用な挑発や、手出しをした場合は別だ。階層主に容赦なく襲われる。

そのため挑戦しない探索者は、絶対に入ってはいけない。

――彼らが全滅しない限りは。

俺は、先の挑戦者の様子を眺めた。

見たところ蒼海連邦の探索者の怪我人《けがにん》はちらほらいるようだが、幸い死人は居なさそうだ。劣勢であるし、撤退するのが無難だろう。

階層主への挑戦は何度もできるのだから、今日にこだわる必要は無い。

が、どうやら隊長の人の諦めが悪いようだ。

「ぐわぁっ！」

また一人、階層主の攻撃によって探索者が吹っ飛んで気絶した。砂埃《すなぼこり》がこちらまで届く。

階層主は、その時々によって異なる。巨人の時もあれば、竜《ドラゴン》の場合もある。

探索者が階層主を倒すと、翌日には次の階層主が現れる。

階層主が不在の間は、次の階層へ進む階段が無くなってしまう。そのため階層主を倒さずに、次の階層へ進むことはできない。

現在の、十階層の階層主は狂暴な『人喰い巨鬼《トロール》』。そして、人喰い巨鬼《トロール》の肌の色は『黒』。

（黒の魔物か……）

『黒色』の魔物。それは凶暴な性格をしていることが多い。

さらに、運が悪いことに今回の階層主は『大型』だ。階層主には大きさのカテゴリがあり『小型』『中型』『大型』『超大型』という違いがある。こいつは厳しいな。

「お、お前は一階層に居た学生探索者か！　我々に手を貸せ！」

隊長の男が俺たちを見つけそんなことを言ってきた。

（んなこと言われてもな……）

部外者である俺が『挑戦者の領域《エリア》』に侵入すると罰《ペナルティ》を喰《く》らうのだが。

「ゆ、ユージンくん、助けなくて大丈夫かな？」

スミレが俺の服の裾をくいくいと引っ張った。

「迷宮《ダンジョン》の階層主への挑戦に無断で割り込むと罰則があるんだ。この戦いは中継装置《サテライトシステム》に見られているから」

俺は空中に浮かぶ、丸い機械の物体を見上げた。あの浮かぶ機械から、中継装置《サテライトシステム》に映像が送られている。中継装置《サテライトシステム》から迷宮職員《ダンジョンスタッフ》や、迷宮《ダンジョン》の管理者が監視をしているはずだ。

「ど、どうして助けない！　我々を見捨てるのか！」

隊長の男が怒鳴る。

（……救助要請の方法も知らないのか？）

迷宮職員《ダンジョンスタッフ》が説明しているはずなんだけど。その時。

「我々は蒼海連邦に所属する者だ！　君らに助けを求める！」

と言って、隊長とは別の男が救難要請の旗を掲げた。この様子も中継装置《サテライトシステム》から流れている。

あちらの彼は『天頂の塔《バベル》』の探索規則を把握しているようだ。

（さて、正式に助力を求められた……か）

加勢をするかどうかは、探索者の自由だ。

迷宮昇降機《ダンジョンエレベーター》の前で俺たちに罵声を浴びせてきたマナーの悪い連中ではあるが……。

スミレが期待半分、不安半分な表情で俺を見つめている。

（仕方ないか……）

「スミレ、行ってくるよ。そこで待っててくれ」

「う、うん！　気を付けて」

俺は階層主の縄張り内に足を踏み入れた。

◇スミレの視点◇

巨大な人喰い巨鬼《トロール》の体長は約五メートルほど。歩くたびに地面が揺れる。

人喰い巨鬼《トロール》の恐ろしい唸《うな》り声《ごえ》で私の身体《からだ》は震えた。

ユージンくんは、落ち着いているけど大丈夫かな……？

「ぎゃあああ！」

また一人、探索者が吹き飛ばされた。うわぁ……あの人、足が折れてる……。

（こ、怖い……）

迷宮《ダンジョン》探索ってこんな危険なんだ……。九階層まで平和だった。

だからわかっていなかった。人喰い巨鬼《トロール》の手には、棍棒《こんぼう》のように巨大な丸太が握られている。それが隊長の男のもとに迫った。

あ、危ないっ！

「隊長ー！」

「逃げて！」

「う、うわあああああ」

隊長の男は、足がもつれて逃げられない。

あ……あの直撃を喰らったら、死んじゃう！

ズドン、と丸太が振り下ろされた衝撃で、地面が大きく揺れた。

私は思わず目を閉じてしまい……恐る恐る目を開いた。

「おっさん、大丈夫か？」

そこには腰を抜かした隊長の男と。巨大な丸太を片手で受け止めたユージンくんが、涼しい顔で立っていた。

（え、えええええええええ――――！！）

「わっ、凄《すご》いっ！　ユージンくん！」

思わず声が出た。よく見るとユージンくんの手が白く輝いている。

人喰い巨鬼《トロール》が振り下ろした丸太とユージンくんの手の間には、小さな魔法の盾があった。

あ、あんな小さな魔法の盾で防いじゃったの……？

「おっさん、早く逃げろ」

「す、すまぬ……」

這《は》うようにして、偉そうだった隊長の男は逃げて行く。

「他の人たちも階層主の縄張り《テリトリー》の外まで逃げて！」

ユージンくんが怒鳴る。

「は、はい！」

「ありがとうございます！」

「助かった！」

怪我人に手を貸しながら、探索者さんたちは縄張りの外へ逃げて行った。

――グガアアアアアアアアアアアアアアアアアアア！

攻撃を止められた巨大な人喰い巨鬼《トロール》が怒っている。

足を大きく上げ、ユージンくんを踏みつけてきた！

「結界魔法・光の大盾」

ユージンくんの腕に、さっきよりも大きな光る盾が現れた。

どうして避けないの!? と思ったけど、どうやら他の探索者さんが逃げるまでその場にとどまるみたい。つまり囮《おとり》になるつもりなんだ、ユージンくんは。

巨大な人喰い巨鬼《トロール》が、足を上げユージンくんを踏み潰そうと迫る。

ガンッ！　という車同士が正面衝突したような鈍い衝撃音が響いた。

「ユージンくん！」

思わず名前を叫んだ。

そして、彼の様子を見ると……。

（え？）

弾《はじ》かれたのは、人喰い巨鬼の足だった。

ユージンくんは、その場に立ったまま微動だにしていない。

……いや、「小石がぶつかった」みたいにちょっとだけ眉をひそめた。

（え、えええ～……）

無茶苦茶過ぎるよ、ユージンくん。

「すげぇ……」

「うそだろ……」

「何者なんだ……」

縄張りの外に出てきた探索者さんたちが、呆然《ぼうぜん》とその様子を眺めている。

――グガアアアアアアア！！！！！！

人喰い巨鬼《トロール》が吠《ほ》えた。邪魔をするユージンくんに怒ったようだ。

腕を振り上げ、真下に何度も拳を叩《たた》きつけた。

ドガッ！　ガンッ！　ドンッ！　ドガッ！　ガンッ！　ドンッ！！！

ユージンくんを、殴りつけ、踏みつけ、巨大な丸太を叩きつける。

地面が揺れ、大気が震え、爆発するような打撃音が鳴り響く嵐のような攻撃。

ユージンくんは、その場から一歩も動かずに、その攻撃に苦しげに耐え続けた。

いや……あれは『苦しそう』といえるのだろうか？

ユージンくんの横顔は『雨が降ってきたけど傘を忘れた』くらいの表情に思えた。

（……よ、余裕があり過ぎる）

人喰い巨鬼《トロール》の地面を揺るがすような攻撃が、ユージンくんには全く届いていない。

ユージンくんと人喰い巨鬼《トロール》の間に淡い光の壁があって、それが全てを防いでいた。

こ、これが……ユージンくんの結界魔法？……え？　凄くない？

……ゼェ、……ゼェ、……ゼェ、

人喰い巨鬼《トロール》の体力が尽きたようで、肩で息をして、攻撃を止めた。忌々しそうにユージンくんを見ながら、後退《あとずさ》りした。そして上層階への階段近くに、どすんと座った。

「ふぅ」

ユージンくんは軽く息を吐き、パンパンと服に着いた埃《ほこり》を払った。

「終わったよ」

軽く微笑《ほほえ》み、こちらに向かって歩いてくるユージンくんの姿に私は興奮で身体が熱くなるのがわかった。

（凄い！　凄い！　凄い！　凄い！）

私は思わず、彼に抱きついていた。

◇ユージンの視点◇

「ユージンくん、凄い！」

「おっと」

スミレが抱きついてきた。柔らかい身体の感触と、高い体温が伝わる。

「カッコよかったよ！」

「そ、そうか？」

そんなキラキラの目で言われると悪い気がしない。

学園では、裏口入学した生徒とあらぬ噂《うわさ》を流され、肩身の狭い思いをしてたので、スミレのようにストレートに褒めてくれると嬉《うれ》しい。頑張ったかいがあった。

「うう……」

「痛《い》てぇ……」

「しっかりしろ、回復薬は無いのか!?」

「もう底をついてます……」

「なんてことだ……」

ふと見ると蒼海《そうかい》連邦の探索者の悲痛な話し声が聞こえてきた。

どうやら負傷者の対応がまだできていないらしい。

(せめて回復薬くらいは十分な量を準備しとけよ……)

俺は脱力しつつも、放置はしておけないので怪我《けが》をしている探索者に近づいた。

「あ、あんた、さっきは助かった……もし手持ちの回復薬があれば売ってもらいたい」

「大回復《ハイヒール》」

俺は怪我人の応急手当をしていた探索者の言葉を遮り、回復魔法をかけた。

すぐに怪我が完治する。

「あ、あの傷が一瞬で治った!?」

「あんた回復魔法まで使えるのか!?　しかも凄い使い手だ！」

いや……あんたの怪我、ただの骨折だから。さっき使ったのは、普通の中級魔法なんだけど。まさか、中級回復魔法の使い手すら居ない部隊《チーム》なのだろうか？

よくそれで最終迷宮《ラストダンジョン》に挑戦しようと思ったな。

「た、頼む。仲間たちも治してほしい！」

「わかってるよ、順番に回復するから」

その後、他の探索者たちにも回復魔法をかけてあげた。

幸い一番の重傷者も骨折程度の怪我だったので、すぐに治すことができた。

「お待たせ。これで全員の回復をし終えたかな」

「お疲れ様、ユージンくん」

他の探索者の救助は予定外だったが、スミレの表情を見るに何かしら得るものはあったようだ。階層主の戦闘や結界士や回復士の活躍を間近で見てもらえた。

最初の探索としては上出来だろう。さあ、帰ろうかと思った時。

「待ってくれ！」

「「？」」

誰かが俺たちの前に立ちふさがった。

「た、頼む！　我が国に力を貸してくれ！」

それは出会った時と正反対の態度で、土下座をする隊長の男だった。

急にそんなことを言われてもな……。俺が困った顔をしていると。

「隊長、駄目ですよ。我々は階層主から助けてもらったんです。先にその救助の御礼金《おれいきん》を渡さないと……中継装置《サテライトシステム》を通して迷宮職員《ダンジョンスタッフ》が監視してますよ」

「そ、そうだった……では、幾ら支払えば……」

「俺はリュケイオン魔法学園の生徒なので、学園に専用窓口があります。迷宮《ダンジョン》を出てから、手助けの救助金額については、窓口と話をしてください。……ちなみに未払いはルール違反となり、同様の行為が繰り返されると今後の『最終迷宮《ラストダンジョン》』探索に、あなた方の国の探索者は立ち入り禁止になります。ご存知とは思いますが」

「……!?」

隊長の男の表情から察するにそれも知らなかったのか……。本当に初心者だな。

「わかりました。先ほどの救助の分はきっちり支払わせていただく。それとは別に、階層主の討伐についてあなたたちの力を借りたい。申し遅れたが、我々は『蒼海連邦』共和国に属するトーモア王国の探索者です。私は副隊長のダニエルと申します」

副隊長のダニエルさんは、しっかりした人のようだ。

トーモア王国ってのは初めて聞く名前だ。蒼海連邦には百以上の国が所属している。

おそらく、その中の小国の一つなのだろう。

「俺はリュケイオン魔法学園に所属するユージン・リンタフィールドです。こちらは同じ学園所属の指扇《さしおうぎ》スミレさん」

「は、初めまして！　指扇スミレです」

スミレがぺこりと頭を下げる。

「それで、俺たちに階層主の討伐を手伝って欲しいというのはどういうわけです？　何か急ぎの理由があるんですか？」

「それは……」

聞くところによると。

トーモア王国は、現在財政が破綻しかけているらしい。それを解消するため、なけなしのお金で探索部隊を編制して『最終迷宮《ラストダンジョン》』にやってきたんだとか。

「我々が失敗をすれば……国王陛下に顔向けができません。現在、蒼海連邦のある国に多くの借金をしており、期日までに返せなければ、担保の領地が没収されることに……」

「「……」」

その話を聞き、俺とスミレが眉をひそめる。なるほど……、傾国の危機を救うため、か。

そりゃ、無茶な進軍もするはずだ。

「ユージンくん、どうして十階層を越えると借金の返済ができるの……？」

こそっとスミレが耳元で質問してきた。

「階層主を倒すと、宝物《トレジャー》が出現することがある。あとは階層主から素材が剝ぎ取れるから、それを狙ってるんじゃないかな？」

「それだけではありません。十一階層へ進めば、その領域では高価な魔法の木の実などが採取できるようになります。それを売ることで利子分だけでも返せるはずなんです……」

副隊長のダニエルさんが悲愴な顔を見せた。

苦労してんなぁ……。

「頼む！　どうかこの通り！」

再び隊長さんから頼み込まれた。さっきからこの隊長さんは、土下座しかしてない。

いわゆる泣き落とし……。だけど、俺はこの手のお願いに弱い。

「ユージンくん、どうするの？」

「そうは言っても、俺は結界魔法か回復魔法しか使えないからなぁ」

「そうなのですか？　しかし、あの人喰い巨鬼《トロール》の攻撃を無傷で捌《さば》くあの技量。我々と協力すれば……」

副隊長さんは、諦めていないようだが、おそらく無理だろう。

俺は中継装置《サテライトシステム》を通して十階層をクリアしている探索者の技量を何度も見ている。

ここの人たちの攻撃では、人喰い巨鬼《トロール》は倒せない。俺が回復魔法と結界魔法でフォローしても、突破は難しいだろう。スミレからは不安五割、期待五割みたいな視線を向けられた。

ここで断ると、彼女をがっかりさせるだろうか？

迷宮《ダンジョン》の天井を眺め、少しだけ考えた。普段なら、断るところだ。なんせ俺は攻撃ができる魔力《マナ》がない。回復や防御用の白魔力《マナ》のみなのだ。

しかし……、さっきのスミレの炎の魔力《マナ》を見て試したいことがあった。

「スミレ、力を貸してくれる？」

「え、わ、私？」

「その女の子も戦ってくれるのですか？」

俺の言葉に、副隊長さんが戸惑った声を上げる。

「わ、私があの人喰い巨鬼《トロール》と!?　む、無理だよ、ユージンくん！」

「大丈夫、戦うのは俺一人だから」

俺はスミレの手を取った。

「ゆ、ユージンくん？」

「スミレの魔力《マナ》を少し譲ってくれ」

「え？　う、うん……」

スミレの手を少し強く握る。

――魔力連結《マナリンク》
スミレを摑《つか》んでいる手から熱い魔力《マナ》が流れ込んできた。

魔力連結《マナリンク》は、相手から魔力《マナ》を受け取る技術だ。もっともやり過ぎると、相手の魔力《マナ》で自分の身体《からだ》を傷つけることもあるので繊細な調整が必要だ。

俺は魔法剣士を諦めきれず、色々な人と魔力連結《マナリンク》を試したが全て無駄だった。

俺の白魔力《マナ》の効果が勝ってしまうのだ。しかし、炎の神人族《イフリート》の膨大な『赤魔力《マナ》』であれば、あるいは……。しかもその魔力《マナ》には付与魔法《エンチャント》の効果までついている。

さっき、スミレの持っている盾が赤く輝いていたのがその証拠だ。

ゆっくりと炎の神人族《スミレ》の魔力《マナ》が俺に注がれていく……。

身体が熱い。だが、嫌な熱さではなく心まで高揚させるような不思議な熱だった。

俺の身体を流れる血液が熱く燃えるような錯覚を覚えた。

身体から白い湯気が湧き上がる。これが炎の神人族《イフリート》の魔力《マナ》……。

「スミレ、身体の調子はどう？」

「んー、なんかくすぐったいかも」

「気分は悪くない？」

「うん、平気だよ」

スミレがニッコリと微笑《ほほえ》む。

（よし、もう十分だろう……）

俺はスミレの手を離した。

「あの……一体何を？」

副隊長が戸惑ったようにこちらを見ている。

「今から、十階層の階層主『人喰い巨鬼《トロール》』に挑戦します。どなたか剣を貸してくれませんか？」

「わ、わかった！」

副隊長さんが腰の剣を貸してくれた。俺はそれをじっくりと眺める。

刃渡りは自分の腕の長さと同程度。刃幅は、帝国軍で支給されているモノより薄い。

強引な使い方をすると、すぐに折れてしまいそうだ。

——結界魔法・物質強化

俺は剣を結界魔法で強化した。今のこの魔法剣は何も斬れない剣だ。しかし……

(炎の神人族《イフリート》の魔力《マナ》を使う……)

——魔法剣・炎刃《フレイムブレイド》

スミレからもらった赤魔力《マナ》を使って魔法剣を発動する。

副隊長さんから借りた剣が、赤く発光して刀身がジジジジ……と奇妙な音を立てている。

「「「おお！」」」

蒼海《そうかい》連邦の探索者たちから、声が上がった。俺はじっと、その赤く輝く剣を見つめた。

俺の知っている反応と違う。

昔、通常の付与魔法《エンチャント》は何度も試したことがある。が、結果はうまくいかなかった。どうしても他の人の付与魔法《エンチャント》を俺の白魔力《マナ》が打ち消してしまうのだ。

結果、全く斬れない『ナマクラ』の魔法剣ができ上がる。

だから俺は魔法剣士になるのを諦めた。

けど俺の手の中には、炎の神人族《スミレ》からもらった魔力《マナ》で、炎の魔剣ができている。

俺はゆっくりと自身の魔力《マナ》を込める。赤い刃の輝きは変わらない。

試しに刃の側面を、トンと叩《たた》いてみた。キーン……、と魔力《マナ》と魔力《マナ》がぶつかった甲高い音がする。そして、何よりも魔法剣がやわらかくなっていない。

俺の白魔力《マナ》よりも、炎の神人族《イフリート》の魔力《マナ》の効果が上回っているのだ。

（……これなら。この魔法剣なら戦える）

俺は剣の柄《つか》を強く握りしめていた。

「ユージンくん？」

「ありがとう、スミレ」

キョトンとした顔のスミレに笑顔を向ける。

そして、トーモア王国の探索者たちに告げた。

「階層主とは俺一人で戦います。そして討伐報酬は譲りますから、依頼分の報酬を支払ってください。勿論《もちろん》、成功報酬でいいですよ」

「き、君一人で!?」

「む、無茶だ！」

「我々も一緒に」

案の定、彼らは反対してきた。が、ここは譲れない。

「俺の結界魔法や回復魔法は範囲が狭いんです。人数が多いほうが不利になる」

「………わかりました。ではお願いします、ユージンさん」

俺の言葉に、副隊長さんが頷《うなず》いた。

「ああ。じゃあ、行ってくるよ」

「頑張って!!　ユージンくん」

スミレが両手を胸の前に組んで、大きな声で送り出してくれた。

「お気をつけて!!」

「無理はしないでください！」

俺はスミレと探索者さんたちに手を振って、ゆっくりと階層主の縄張りに足を踏み入れた。剣を握ったのはいつぶりだろう。
それを思い出し、苦笑した。
（……決まってる。幼馴染《アイリ》に振られたあの日からだ）
それ以来、あれほど打ち込んだ剣の道から遠ざかっていた。
我ながら軟弱なことだ。
だが今日再び、俺は剣を手にした。
帝国軍の標準的な剣よりやや軽い蒼海連邦の探索者の剣を強く握りしめる。
そしてDランクの文字が書かれた、探索者バッジに小さく呟《つぶや》いた。
「ユージン・サンタフィールドは、十階層の階層主《ボス》へ挑む」
探索者バッジは、それ自体が魔道具《マジックアイテム》であり、それは『迷宮の魔法《ダンジョン》』がかかっている。
俺の声が探索者バッジを通して、『迷宮の管理者《ダンジョン》』へ送られる。
——探索者ユージンの挑戦を受理しました。健闘を祈ります。
十階層内に無機質な声が響いた。同時に輝く白線が現れる。挑戦者の境界だ。

ちなみに声の主は神々の創造物『最終迷宮《ラストダンジョン》』天頂《バベル》の塔の管理者の声らしい。

天頂《バベル》の塔の管理者は、聖神様の使いである『天使』たちだと言われている。

俺は見たことがないので、本当のところはわからないが。

とにかく管理者は、俺を挑戦者と認めてくれた。

そうか……学園に来て一年以上経《た》って、俺はやっと階層主への挑戦者になれたのか。

少しだけ感傷的になった。

「グオオオオオオオオオオオオオッッ！！！」

自分の縄張りに入ってきた俺を見て、『人喰い巨鬼《トロール》』が吠《ほ》えた。

……ズシン、……ズシンと人喰い巨鬼《トロール》が歩くたびに、地面が揺れる。

人喰い巨鬼《トロール》と俺との間合いは、まだ遠い。だが、すでに見上げないといけないほどの巨体だった。ギロリと、人の頭ほどもある人喰い巨鬼《トロール》の目玉が俺を捉える。

（……でかいな）

かつて魔物の鬼《オーガ》と戦ったことはあるが、それは帝国軍士官学校の訓練でだ。

他の訓練生との共同作戦だったし、帝国軍の教師がフォローしてくれた。

今回の戦いは、俺一人だ。仲間はいない。けど、不思議と恐怖感はなかった。

頭に浮かぶのは、かつての剣の訓練での記憶。

（……そう言えば、前に親父《おやじ》は何て言ってたっけ？）

ふと、剣の師匠でもある父親の言葉が頭に浮かんだ。

——いいか、ユージン。戦う時、目の前の相手だけを見るなよ？　常に戦場全体に意識を配るんだ。

——なぁ、親父。俺は次の剣大会のアドバイスが欲しいだけなんだけど？　何で戦場なんだよ。

——円鳴流が戦場の剣だからだ。一対一の戦いで勝敗なんざ、戦場じゃ何の意味もない
——いや……、でもさ。大会で勝たないと成績が……。

——んなもんは、どーだっていい。大事なのは生き残ること、そして主君を護《まも》れるかどうか、それだけだ。戦場じゃ、暗殺者が狙ってきたり毒矢を放たれることだってある。お前ならどうする？

——だから……、剣大会には暗殺者も毒矢も無いって。

——わからんだろ。幼馴染《アイリ》ちゃんは皇女だ。悪いやつに狙われるかもしれない。その時はお前が護るんだ。

——はいはい、わかったよ。親父。

特に士官学校の剣大会に役立つ助言ではなかった。

結局、なんとか大会で優勝することはできたわけだが。

目の前には、人喰い巨鬼《トロール》の巨体が迫る。スミレや他の探索者たちは、階層主の領域外からこちらを見守っている。十階層の草原エリアは見晴らしがいい。

遠くに鹿のような草食動物が、こちらの様子を窺《うかが》っているのが見えた。

（……これはまぁ、あれかな）

どうやら、俺は落ち着いている。初の階層主戦でも、気負ってはいないようだ。

「グゥウ…………」

人喰い巨鬼《トロール》の威嚇するような低い唸《うな》り声《ごえ》が耳に届く。

「さてと……」

俺は赤く輝く炎の剣を構え、少しだけ腰を落とした。

人喰い巨鬼《トロール》も、こちらを警戒するように姿勢を低くした。

突進してくるかと思ったが、そうではなく「ブォン！」足元に転がっていた岩石を投げつけてきた。子供の身体ほどもある大岩が猛スピードで迫る。

俺は慌てず結界を張る。

――結界魔法・光の盾

「ガン!!」と音を立てて、岩は砕けた。

「わー！」「ひゃぁ！」

後ろで見学してる探索者のほうに砕けた岩石の破片が飛んでいった。スミレは大丈夫かな？　ぱっと、後ろを振り返る。

幸い岩石の欠片《かけら》は、スミレのいる場所には飛んでいってないようだ。

彼女は両手を組んで、俺の戦いを祈っている。

（……これは負けられないな）

視線を『人喰い巨鬼《トロール》』に戻すと、さらに岩石を投げようと振りかぶっていた。

（近距離でやろう）

観戦者に怪我人《けがにん》が出ちゃいけない。

――弐天円鳴流『風の型』空歩
一歩で相手との間合いを零にする歩法。それを使って俺は、人喰い巨鬼《トロール》の懐に入った。

「ガァッ!?」

人喰い巨鬼《トロール》が戸惑いの声を上げ、拳を大きく振り上げ、そのまま振り下ろされる。

ドン！！！！！

巨鬼のこぶしが、地面を大きく揺らした。目の前に柱ほどもある、巨鬼の腕が地面に突き刺さっている。

「はっ！」

俺は一呼吸で、巨鬼の腕に剣を横薙《よこな》ぎに払った。音は無かった。手に斬った感触も残らないほど、あっさりと剣は振り切れた。次の瞬間「……ドスン！」と人喰い巨鬼《トロール》の右腕が地面に転がった。

「ギャアアアアアア！！！！」

絶叫があがる。

「グオオオオオオオオオオオオオオオオオオオッ！」

怒り狂った人喰い巨鬼《トロール》が、俺に向かって残った腕で俺を摑《つか》もうと迫る。それを躱《かわ》しつつ、炎の魔剣の残魔力《マナ》を確認する。

一回斬りつけただけだが、すでに赤い輝きが半減している。

（もってあと一撃かな……？）

人喰い巨鬼《トロール》は、憤怒の形相で足を上げ、俺を踏み潰そうとする。

ドン！！！　ドン！！！　ドン！！！　ドン！！！　ドン！！！

巨鬼が地団駄をするように、しつこく足踏みをする。

――弐天円鳴流『林の型』猫柳

俺はそれを、余裕を持って躱し続けた。人喰い巨鬼《トロール》は、片腕を失い出血している。距離をとって魔物の体力が尽きるのを待ったほうが賢いかもしれない。

ふと、スミレのほうに目を向けた。人喰い巨鬼《トロール》が足を振り下ろすたびに、「ひっ！」とか「きゃ！」とか小さく悲鳴をあげている。

……心配をかけないように、さっさと決着をつけるか。俺は次の巨鬼の攻撃に、カウンターを合わせるタイミングを測り、腰を落とし剣を構えた。

巨鬼の大木のような足が迫る。それをギリギリで躱しながら、俺は剣撃を放った。

――弐天円鳴流『火の型』獅子斬《しし》

演舞のように身体《からだ》と剣を回転させる。炎刃が、巨鬼の身体を切り裂いた。

「ヤアアアアアアアアアアアアア！！！！！！！！！！！」

と人喰い巨鬼《トロール》の断末魔が階層内に響き渡った。

どさりと人喰い巨鬼《トロール》が倒れ、動かなくなった。俺は油断なく、階層主が起き上がるのを待ったがいつまで経っても立ち上がってこなかった。

やった……のか？　こんなにあっさり？　俺が勝利の判断に迷っていると……。

――探索者ユージンの勝利です。おめでとうございます

再び無機質な『天使の声《アナウンス》』が、十階層内に響いた。

「…………」

意外にも、勝利の喜びの気持ちは湧き上がってこなかった。

戸惑いのほうが大きい。本当に……、俺は階層主に勝った……のか？

スミレに分けてもらった『赤魔力《マナ》』は、ほとんど失われている。

どうやら先程の魔力連結《マナリンク》の魔力《マナ》量だと二撃で、魔法剣としての効果は尽きるらしい。

ふぅ、と小さく息を吐いた。

「スミレ」

勝ったよ、と言おうとして続けられなかった。

「ユージンくん！！！！」

頭を両手で抱えるように抱きつかれ、一瞬息ができなくなる。俺はそっとスミレの背中を支えた。

「勝ったね！　おめでとう！」

弾《はじ》けるような笑顔で祝福された。

「ああ、スミレのおかげだ」

思わず笑みがこぼれた。実感できた。

俺は、……勝ったんだ。こんなに心から笑えたのはいつぶりだろう。

気が付くと俺はスミレを抱きしめていた。

「わわわ、ユージンくん！」

「あ、ゴメン」

「う、ううん。いいよ、えへへ……」

少し赤くなったスミレがはにかんだ。

こうして、俺は十階層の階層主《ボス》の討伐に成功した。

閑話一／生徒会棟より

◇生徒会・庶務　テレシアの視点◇

リュケイオン魔法学園、生徒会棟の大広間。そこには巨大な魔法画面《モニター》があり、中継装置《サテライトシステム》によって『最終迷宮《ラストダンジョン》』の様々な階層の様子が映し出されている。

もし、学園生徒に危険が迫っていて迷宮職員《ダンジョンスタッフ》の手が足りない時、生徒会執行部隊の隊員《メンバー》が急行することもあるから。

が、今はとても平和。生徒会室内はのんびりした空気が漂っています。

私は自分用の紅茶を淹《い》れて、広間の脇にある机で書類仕事を片付けていました。

そこで、ふと周りのざわつきを感じて視線を上げました。そこに映っているのは。

いや、とある学生と十階層の階層主が対峙《たいじ》している場面。

どうやらその学生さんは、『蒼海連邦《そうかい》』の探索者の救助を行っているようです。

そして、その学生さんは私の知り合いでした。

（ユージンくん？）

つい先日、異世界人のスミレさんと一緒に生徒会に挨拶にきた男子生徒。

「見ろよ、あの裏口結界士が十階層に行ってるぜ」

「へぇ、いつも低階層でコソコソ探索してるのにな」

「どうせ異世界転生の女の子にいい所を見せようと、格好つけてるんだろ」

嘲るような声がそこかしこで上がっている。

……はぁ。

残念ですね。彼らは『上級科』の戦士なのですから、『普通科』のユージンくんにそのような敵意を向けなくてもよいのに。

でも、ユージンくんが階層主の領域に行くのは珍しいですね。

もしかしたら、初めて見るかもしれません。

気になった私は、仕事の手を止めて、映像を目で追い続けました。

ユージンくんは、あまり強くない『蒼海連邦』の探索者たちが逃げるため囮《おとり》となり。

遂《つい》には、巨大な『人喰い巨鬼《トロール》』の攻撃をたった一人で防ぎきりました。

（凄《すご》い……）

そう思ったのは私だけではないようで、生徒会の面々もざわついています。

「あれって、凄くない？」

「階層主って、普通は十名以上の部隊《チーム》で挑むのがセオリーだよな？」

「見ろよ、結局一人で階層主を食い止めたぞ」

驚きの声が上がっています。

「ユージンのやつ。やっと本気をだしやがったな」

その時、私の仕事をしている机に誰かが腰掛けた。おかげで画面が見づらくなりました。

（もう！　誰ですか）

見上げると、金髪で整った顔の男子生徒が私を見下ろしていました。

「やぁ、テレシアちゃん。今少し話せるかな？」

「あら、クロードくん。いらっしゃい。何かご用ですか？」

彼は『英雄科』に所属するクロード・パーシヴァルくん。

『勇者見習い』として知られる私と同学年の有名人です。

「実はこの前の遠征の申請を忘れててさ。隊長に怒られたから申請書を持ってきたんだ」

「また事後申請……、これで何回目ですか？」

「ゴメンゴメン」

片手で拝むように、ウインクして詫《わ》びるクロードくん。

本当に反省しているのでしょうか。私は、クロードくんから申請書を受け取りました。

そして、さっきの彼の言葉を思い出します。

「クロードくんは、ユージンくんと仲良いのですね」

「ああ、俺の相棒の世話を頼んでるし、何回か遠征にも付き合ってもらったことがあるからな。頼りになるやつだよ」

「へぇ」珍しい。

『普通科』のユージンくんと『英雄科』のクロードくん。

学生数が一万人を超えるリュケイオン魔法学園において、『英雄科』に入れるのは、ほんの一握り。選ばれし人たちの一人であるクロードくんは、ユージンくんを高く評価しているようです。

その時、十階層の魔法画面の映像に動きがありました。

「お、ユージンがまた出てきたな」

「ですね。でも、一人だけで戦うのでしょうか？」

ユージンくんは、赤い魔法剣を片手に一人で階層主の境界に足を踏み入れています。

「はっ！　どうせあいつには階層主は倒せねぇ！」

「あいつの魔法剣は攻撃ができないからな！」

「十階層のボスなんて俺たちだって倒してる！」

「ああ、俺たちの部隊なら余裕だ！」

武闘派の男子生徒たちの声が聞こえてきた。

……本当に彼らはユージンくんに対抗意識むき出しですね。

「ねぇねぇ、テレシアちゃん。なんであいつらってユージンを嫌ってるの？」

私の耳元でクロードくんがささやくように聞いてくる。

(……顔が近いですね)

「サラ生徒会長が、ユージンくんをお気に入りですから。それが気に食わないんですよ」

「あー、サラちゃんか。確かにユージンのことを気にしてるなー」

「そういえば、サラ会長も『英雄科』でしたね。よく話すんですか？」

「いや、サラちゃんはいつも忙しそうだからさ。ゆっくり話すとかできないよ。『聖女候補生』の任務もこなしつつ、生徒会長だろ？　あれは本物の化け物だな」

「失礼な言い方をしないでください」

「悪い悪い」

私は尊敬するサラ会長のことを化け物と表現するクロードくんに少し怒った。

決して、悪い意味で言ったのではないと思いますけど。その時、生徒会室から大きな声が上がった。画面では、ユージンくんが階層主の腕を切り落としていました。

「えええええっ！　凄っ!!」

「このまま倒しちゃうんじゃないか？」

「ま、まさかぁ……」

皆、食い入るように画面を見ています。そして……十階層の階層主――大型の人喰い巨鬼《トロール》をユージンくんは、単独で撃破しました。

「た、倒した……？」

「階層主をたった一人で……？」

「う、うそだ……」

「なぁ、階層主を一人で倒したのっていつ以来だ？」

「わざわざそんなアホなことするやついねぇよ……」

「……私は、今まで見たこと無い」

生徒会室からざわめきが止《や》まない。皆、信じられないという顔をしています。

一人、隣にいるクロードくんだけは当然、という表情だった。

「やったな、ユージン」

「こんなことができるなら、どうして今まで実力を隠してたんでしょう？」

私は不思議に思いました。

「ま、あいつも苦労してるんだよ」

クロードくんは、事情を知っているようでしたが、詳しくは話そうとはしませんでした。

「ところでさ、テレシアちゃん」

「なんですか？」

「俺、ちょっと小腹が空《す》いたんだけどこのクッキーもらっていい？」

「いいですけど。もう湿気《しけ》ってますよ？」

彼が指さしているのは、私が紅茶受けに用意していた安物のクッキー。

取り出してから随分時間が経《た》っていて、もう食べる気がしなかったものだった。

クロードくん、甘いもの好きでしたっけ？

首を傾《かし》げる私をよそに、彼はぽりぽりとクッキーを美味《おい》しそうにかじる。

「ありがとう、テレシアちゃん。助かったよ。御礼《おれい》に今度夕食を奢《おご》るよ。いつが空いてる？」

「…………はあ」

本題はこっちですか。クロードくんは、『蒼海連邦』共和国の中でも『大国』にあたる貴族の息子という噂《うわさ》がある。

『英雄科』に所属しており、『勇者』の才《アビリティ》を持つ将来有望な彼。

おまけに顔も良い。文句の付けようのない良い男だ。


……女癖が悪いということを除けば。


「迷宮《ダンジョン》都市のレストランでもいいし、飛竜に乗って遠くの港町まで行ってもいい。希望があれば、どこでもエスコートするからさ」

ニカッと笑って、やや強引に話を進めるクロードくん。その強引さも、彼の整った顔だと様になる。これに騙《だま》される女の子は多いんでしょうね。

「そういえば、クロードくんは竜騎士《ドラゴンナイト》でもあるんでしたね。飛竜って私も乗れるんですか?」

「ああ、俺と一緒なら大丈夫。最初は少し怖いかもしれないけど、慣れると最高に景色がいいんだ。どう?」

本当にぐいぐいきますね。まぁ、草食な男よりはいいのかもしれませんが……。

「クロードくん」

「なに?　テレシアちゃん」

断られることなど一切考えてない笑顔を向けられる。

「最近、生徒会に『とある竜騎士《ドラゴンナイト》』さんに関する苦情が来てまして。『剣術部』や『体術部』の女の子たちを次々に口説いて、同じ部活の男子生徒のやる気が削《そ》がれて困っているとか。そんなこと生徒会に言われても困るんですけどねー」

私は白々しい口調で、言葉を発しました。

「………………」

私の言葉に、クロードくんの笑顔がすーっと引く。そして真顔になって、その口を開きました。

「そうか、大変だな。テレシアちゃん」

「そうなんです、大変なんです。その竜騎士《ドラゴンナイト》くんが真面目になってくれたら私も一緒に夕食くらいは行けるんですけどねー」

ちらっと上目遣いで見上げると、クロードくんが少しだけ引きつった笑顔になりました。

「そっか、そっか。テレシアちゃんは真面目な男が好きなんだな」

「女性に不真面目な男を好きな女の子はいませんよ？」

「わかった、今日のところは帰るよ。また来るね、テレシアちゃん」

「次は事前に申請してくださいねー」

ひらひらと手を振って去っていくクロードくん。私も小さく手を振って見送った。

……やれやれ、ですね。

生徒会の面々は、未《いま》だに階層主をユージンくんが一人で倒したことにざわついている。

そういえばユージンくんは、女性関係の噂を全然聞かないんですよねー。

クロードくんとは正反対。もしかすると、サラ会長との噂に他の女子生徒は遠慮しているのかもしれませんけど。なんて考えていた時でした。

「騒がしいですけど、何かあったんですか？」

ちょうどサラ生徒会長が、私のところにやってきました。

「サラ会長。ユージンくんが十階層の階層主を倒したんですよ」

「え？　うそ！　ユージンが!?」

サラ会長が、いつもの優雅な口調を崩す。ユージンくん絡みだと、いつものことだ。

「テレシアさん！　説明してください！　何があったんですか!!」

がくがくと肩を揺さぶられる。

「お、落ち着いてください、サラ会長。えっとですね……」

私は、さきほどの様子をさっと説明しました。

「という訳で『蒼海連邦《そうかい》』の探索者の協力と言う形で階層主をユージンくんが倒したんです。本当に見事でしたよ。おそらく映像は記録魔法で残っているので、あとで見返して
……サラ会長？」

説明の途中で違和感に気づきました。サラ会長が、ぽかんと口を開けて画面を見ている。

その視線の先は……画面内で、ユージンくんに『新入生』の指扇《さしおうぎ》スミレさんが抱きついていました。瞳をキラキラさせ、頬を染めている。

うーん、ユージンくんもすみにおけませんね。

「ユージンくんとスミレさんは、すっかり仲良くなってま……」

私は言葉を最後まで続けられませんでした。

「よくも……しのユージンに……」

それは普段冷静なサラ会長からは聞いたことがないような、怨嗟《えんさ》が混じった声。

(…………………………こ、怖っ!)

「…………えっと。あのサラ会長?」

戸惑いながら、私はサラ会長に声をかけました。

会長が「はっ!」とした表情になり、すーっと真顔になる。

さっきのクロードくんみたいに。

「なんでもありません。今度会った時、ユージンにお祝いの言葉を伝えないといけませんね」

その声は、いつもの優雅で美しいサラ会長のものでした。でも私は知っています。

サラ会長はサバサバしているようで、実はとても嫉妬深い。

(あーあ、ユージンくん。ご愁傷さまです……)

面倒なことにならないよう、陰ながら祈っていますよ。

私はさっきクロードくんから貰《もら》った書類を片付けようと、仕事に戻りました。

五章／ユージンとスミレは、さらに進む

——俺は炎の神人族《スミレ》の力を借りて、十階層の階層主を撃破した。

「ありがとう！　ありがとうっ……これで我が国は救わっ……ううぅ……」

「よかったですよ、無事に倒せて」

トーモア王国の探索者の隊長さんが泣き崩れている。この人は感情豊かだなぁ。

帝国軍士官学校では、『感情と行動を切り離せ』と教わってきた。

常にそれを心掛けている身としては、こんな風に人前で泣くことはできない。

そもそも親父《おやじ》が「男の涙は人前で見せるもんじゃない！」という持論だった。

精神論が多いんだよな、親父は。

この映像も中継装置《サテライトシステム》を通して、色んな人に見られてるだろうし。

「ユージンさん、スミレさん。この御恩は忘れません。階層主からの救助と、討伐の助力についての『謝礼金』は必ず支払わせていただきます。こちらが女神様の覚書です」

「わかりました」

隊長と比べ冷静な副隊長さんが、サイン付きの紙を渡してきた。正義の女神《アルテナ》様の紋章が入ったその紙は、魔法による契約書だ。約束を違《たが》えると『神罰が下る』らしい。

もっともこの調子では、代金を踏み倒す心配はなさそうだ。

「ねぇねぇ！　ユージンくん。あっちに宝箱があるよ！」

「え？」

スミレが指さす場所に、茶色い宝箱があった。

あれは……。

「宝物《トレジャー》を落としたのか」

階層主《ボス》を倒すと稀《まれ》に出現する宝物。自分が体験するのは初めてのことなので、ワクワクしながら中を確認した。中から出てきたのは、鈍い色を放つ巨大な金属塊だった。

「これ……なに？」

スミレが首をかしげる。

「んー、魔法金属だと思うけど、俺は専門家じゃないからわからないな……」

わかりやすい魔法武器とか、宝石類なら嬉《うれ》しかったんだけど。十階層ならこんなもんか。

重そうだし、二人じゃ運べないからこれはパスかな。

「じゃあ、スミレ。学園に戻ろうか？」

「え？　十一階層を見ていかないの？」

「まだ進むのか？」

「ユージンくんの戦いを見て、もっと先を見てみたいなーって！」

この子、イケイケだな。

「今日は疲れてない？」

「私、まだ一回も魔物の相手をしてないから……」

「む……」

そういえばそうか。この一週間、魔物と出会った時の対処法などを繰り返し覚えてもらった。が、結局戦ったのは俺だけだ。せっかくの初探索。実践は経験してもらいたい。

「じゃあ、十一階層を見に行こうか。ちょっとだけな？」

「うん！」

「き、君たちは、今から十一階層に行くのかい？」

俺が階段に足を向けると、副隊長さんが慌てて話しかけてきた。

「ええ、そうですね」

「この宝物はどうするんだ!?　それに階層主を倒した素材だってある。こちらを剝ぎ取ればそれなりの価値があると思うが……」

「両方、差し上げますよ」

「い、いいんですか!?」

「どうぞどうぞ」

荷物が増えると移動が大変だし。彼らから謝礼金ももらう予定だから、収支はプラスだ。

（ま、何よりの収穫は俺が階層主と戦えるってわかったことだ……）

勿論《もちろん》、炎の神人族《イフリート》の魔力《マナ》を借りる、という特殊な条件下のみであるが。

得られたものはとてつもなく大きい。俺の方こそ、彼らに感謝していた。

階層主の素材や、持ち運びに手間がかかる魔法金属くらいならまったく惜しくない。

俺からの感謝の気持ちだ。

「ほ、本当に何から何まで……何と御礼《おれい》を言えばいいのか」

ついに副隊長さんまで泣き出した。どうやら泣くのを我慢していただけらしい。

トーモア王国の人たちは、皆涙もろいのだろうか？

「あ」

ここで俺は、借り物について思い出した。

「こちらの剣をお返ししますね。ありがとうございました」

「ユージンさん。もし探索に使うのであれば、差し上げますが……」

「いいんですか？」

「勿論です！　階層主を倒してもらい、宝物や素材までいただくんです！　こちらから渡せるものはそれくらいしかないので……」

「ありがとうございます。大事に使わせてもらいますね」

俺は遠慮せず、貰っておくことにした。十階層の階層主を倒した記念品だ。

改めて剣を腰に差すと、ずしっとした重みが懐かしかった。

「じゃあ、皆さん。お元気で」

「おじさんたち、気を付けてー」

俺とスミレは、トーモア王国の探索者たちに別れを告げた。

「ありがとう！　ありがとう！　この恩は決して忘れません！」

「蒼海連邦に来た時は、是非トーモア王国へ立ち寄ってください！」

「ユージンさん、スミレさん、どうかお気をつけて！」

「うぅぅっ——ありがどうー!!」

隊長はずっと泣いている。第一印象ほど悪い人じゃなかったな。

他の隊員たちにも、大声で手を振りながら送り出された。少々気恥ずかしい。

「ねぇねぇ、ユージンくん。いいことをすると気持ちいいね！」

スミレがニコニコして腕に絡みついてくる。少し照れる。が、ふと思い直す。

「あんまりお人好《ひとよ》しなところを見せすぎるのは探索者としては良くないんだけどね」

「そうなの？」

お人好しはつけこまれることもあるから。

もっと打算的なほうがいい……と学園では教わっている。

「でも、確かに気分はいいかな」

「だよね！」

ま、十階層程度じゃ、大して誰も見てないだろう。問題ない問題ない。

俺たちは十一階層に足を踏み入れた。

◇

最終迷宮《ラストダンジョン》『天頂の塔《バベル》』十一階層――密林領域《エリア》。
自分たちより背の高い木々が生い茂っている。
「ここが十一階層……ごくり」
隣のスミレの声が聞こえた。
ごくり、とか口に出しているあたり、まだまだ余裕がありそうだ。
「ここからは木々が生い茂ってる。九階層までより視界が悪いから気を付けて」
もっとも来るのは俺も初めてだ。あくまで中継装置《サテライトシステム》を通して、知識があるだけだ。
――ガサッ
――キェキェキェキェキェ
――クルルゥ、クルルゥ
茂みが揺れる音と、奇妙な鳴き声が遠くから聞こえる。

十一階層は今までより、危険な魔物が出現し始める領域である。

空気感も、それを醸し出している。ぎゅっと、スミレに腕を摑《つか》まれる。

俺はスミレを抱き寄せ、いつでも結界魔法を張れるように神経を集中させた。

さあ、一体どんな魔物がでてくるか？

「………………」

しばらく待った。

「……魔物、来ないね」

「……だなぁ」

二人してしばらく緊張していたわけだが。

俺とスミレは迷宮《ダンジョン》の真ん中でくっついているだけだった。

「適当に探索してみようか？」

「はーい」

スミレは緊張が取れたのか、きょろきょろと周りを見回している。初めてきた階層だからって、気負い過ぎたかな？　いや、迷宮《ダンジョン》探索に慎重過ぎることはない。

「ねぇ、ユージンくん」

スミレが話しかけてきた。

「なに？」

「さっきユージンくんが階層主を魔法剣で倒したけどさ。凄《すご》かったね」

「ありがとう。一応、物心ついた時から親父にずっと教わってきたから」

「へぇ！　ところで剣って何で魔法剣じゃなきゃいけないの？　別に私の魔力《マナ》を使わなくても普通に斬るだけじゃだめなの？」

「あぁ、それはね」

スミレのような疑問は、剣を扱わない人たちからはよく聞かれる。

でも、駄目なんだ。ただの剣だと。

「スミレは剣で、魔物を斬ったことはないんだよね？」

「な、ないよ！　そもそも何も斬ったこと無いよ！」

俺の質問に、スミレがぶんぶん首を横に振る。

これは以前にも教えてもらった。スミレがいた世界というのは、魔物がおらず、剣や魔法を使うことも無い世界だったらしい。

「剣ってさ。一度でも使用するとあっという間に切れ味は落ちていくんだ。特に魔物の骨を斬れば刃が痛むし、不死者《アンデッド》を斬ると刀身は腐食する。ゴブリンやオークは武器を持っている場合もあるし、そいつらと打ち合えば当然刃は潰れる。どんどん斬れなくなっていくんだ」

「そっかぁ……、なるほどー、確かにそうだね」

「探索ってさ。特にこの『天頂の塔《バベル》』は長丁場になることが多い。十一階層程度の低い場所じゃまず起きないけど、上階に行けば百匹近い魔物が押し寄せる『集団暴走《スタンピード》』って現象もあるんだ。そんな時、魔法で強化されていない剣は役に立たないよ」

「そうなんだね……、じゃあ最初から魔法がかかった剣って売ってないの？」

スミレの質問は止まらない。

「あるよ。銘のある魔剣、もしくは聖剣なんて呼ばれる『永久付与』の魔法剣は存在する」

「それを使おうとは思わなかったの？」

「あぁ……それなんだが」

俺の親父《おやじ》は、帝国でそれなりの地位にいる剣士で、魔法武器もいくつか所有している。

俺の『才《アビリティ》』が白魔力《マナ》しかないとわかり、親父がお気に入りにしている魔法剣を借りて使ってみたのだが……。

市場価格が三百万Gもする魔法剣が、俺の白魔力《マナ》によって『永久付与』の魔法がぶっ壊れてガラクタになってしまったのだ。

――あの時の親父の悲しそうな顔は忘れられない。

「気にするな、ユージン……」とは言ってくれたが。

それ以来、俺は魔剣や聖剣を求めるのは止《や》めた。三百万Gの魔剣ですら俺の白魔力《マナ》とは相容《あいい》れなかった。『永久付与』の魔法剣は例外なく高額だ。

ただの学生に過ぎない身で、そんなもんをポンポンと壊すなどできるはずがない。

「そんなことがあったんだね……。あれ？　でもどうして私の魔力《マナ》だと平気なの」

「それは炎の神人族《イフリート》の魔力《マナ》だからだろ。特別なんだよ、きっと」

「へ、へぇー、私の魔力《マナ》が特別……」

スミレは不思議そうな顔をして、自分の手のひらを眺めている。

俺はそれを微笑《ほほえ》ましく見つつ、一つの仮説を立てていた。実際のところ、スミレの扱っているのはただの魔力《マナ》ではなく霊気《エーテル》に近いでのはないかと予想している。

大気中にある魔素。それを精錬して、俺たちは魔力《マナ》として扱い、魔法を発動させる。

そのさらに上の力が、霊気《エーテル》だ。主に天界の天使たちが扱う力と言われているが、炎の神人族《イフリート》なら使えても不思議じゃ無い。

霊気《エーテル》より上となると神気《アニマ》とよばれる力だが、さすがにそれはないだろう。

神気《アニマ》を扱えるのは神様だけだというし。何にせよ、スミレの魔力《マナ》は一般の人族とは異なっている、というのが一週間一緒に居て感じた結論だった。

俺は専門家じゃないので、正確なところはわからない。

(今度、ユーサー学園長に聞いてみようかな)

きっと喜んで答えてくれるだろう。問題は、あの学園長が忙しすぎて時間をとってもらえるかどうか、なのだが。そんなことを考えていた時。

「ギャッ！　ギャッ！」

小柄な緑の肌を持った人型の魔物が現れた。

「スミレ、ゴブリンだ！」

「これがっ⁉」

ゴブリンは、手に錆《さ》びた手斧《ておの》のようなものを持っている。九階層までの魔物は、獣ばかりだが十一階層の魔物からは知能があがり、武器を扱ったり集団戦をしかけてくる。

十分な注意が必要だ。俺はスミレを庇《かば》うように前へ出た。

「ギャッ！　ギャッ！　ギャッ！」

威嚇するように、こちらへ歯を見せて叫ぶゴブリン。

（……ゴブリンは群れで狩りをする魔物だ。一体見たら十体はいると思え）

迷宮《ダンジョン》探索の基本。俺はすぐにゴブリンに攻撃を仕掛けず、周りを警戒した。

ゴブリンはこちらを威嚇するのみで、襲ってこない。

「…………ユージンくん？」

「スミレ、注意を怠るなよ」

「は、はい」

しばらくして。

ガサ、ガサ、ガサ、ガサ……

予想通り周りの茂みに隠れていた五体のゴブリンが出てきた。

数は思ったより少なかった。俺とスミレが離れるのを待っていたようだ。俺たちが離れないので、しびれを切らして出てきたのだろう。

俺はスミレと位置を入れ替え、五体のゴブリンの正面に立った。

代わりに後ろにいる一体のゴブリンは、スミレに任せる。

「スミレ、『赤魔力《マナ》』を少し貰《もら》うぞ。俺が倒すから、スミレは攻撃してきたゴブリンから身を護《まも》ることだけを考えろ！」

「はい！」

俺はスミレの手を握る。

——魔力連結《マナリンク》

魔力《マナ》がスミレから流れてくる。

「魔法剣・炎刃《フレイムブレイド》！」

俺の剣が赤く輝く。よし、これでゴブリンを斬れる！

「ふふふ、ついに私も迷宮《ダンジョン》の戦闘デビューだね！　防ぐよー、超防ぐよー」

スミレが張り切っている。学園支給の盾を構える。

——スミレの感情に反応をしたであろう『赤魔力《マナ》』が増大する。

共鳴するように大気が震え、地面が揺れる。

（おや？）

スミレの持つ盾が赤く輝き始めた。

……ジジジ、と地面が燃えている。

ん？　焼けた地面に模様が……あれは魔法陣か？　まだ、基礎魔法しか覚えてないスミレが術式が複雑な魔法陣を扱えるはずがないけど……。

「さぁ、かかってこい！！！」

かけ声と共に、スミレの身体《からだ》から巨大な火柱が発生した。

「はっ!?」

な、何だ!?

「ん？」

スミレは自分が起こした現象に気付いていない。次の瞬間、巨大な火柱が四方に弾《はじ》け、爆発を起こした。

（こ、これは……火の上級魔法・火の嵐《ファイアストーム》!?）

しかも威力がとんでもない。宮廷魔術師に引けをとらないものだった。

「「「「ギャアアアアア！！！！！」」」」

俺たちを取り囲んでいたゴブリンの断末魔が響く。

「え？　えっ？　えええええっ！」

ようやくスミレは、自分の身体から爆炎が広がっていることに気付いたらしい。炎が収まる頃には、ゴブリンたちはただの炭と化していた。

「「…………………」」

残った俺たち二人は、気まずい空気になる。

「わ、私、何をしたのー!?」

スミレが大声で叫んでいる。

(俺の方が聞きたいんだが……)

スミレは感情が高ぶると、上級魔法が勝手に発動するらしい。

そういえば出会った時は、無意識で五階層を火の海にしてたな……。駄目だ。

スミレのことをわかった気になってたけど、全然まだまだだった。予想外のことだらけだったが、一つだけいいことがあった。

「とりあえず、スミレの服が無事でよかった」

「え？……あっ！　これって炎耐性の探索者服なんだっけ？」

「転生者の装備は、幾らでも予算が降りるから最高級のものにしておいたよ」

早速役に立った。こんなところで衣類が無くなったら大変だ。

「ゆ、ユージンくんは平気？　火傷《やけど》とか……」

「まあ、俺は結界魔法を常時使ってるから……」

スミレの炎なら以前も防いでいる。他のやつが一緒だと危なかったかもしれない。

スミレとパーティーを組める人って相当限られないか？

「……」

「……」

俺たちは顔を見合わせた。俺の魔法剣が、心なしか所在無げに赤い光を放っている。

俺は出番のなかった炎の魔法剣を解除した。刀身が赤色から銀色へと戻る。

「迷宮《ダンジョン》の魔物、初討伐だな。おめでとう」

「……そ、そうだね」

俺の祝いの言葉が空々しい。スミレもなんとも言えない表情だ。

俺は念のため、スミレの炎が十一階層に火事を引き起こさないか確認したが、火の嵐《ファイアストーム》の発動は短い間だったので、火事が起きることはなさそうだった。

「行くか」

「うん……」

俺たちは迷宮《ダンジョン》を進むことにした。その後、再びゴブリンやコボルトといった小型の魔物が出てきたが、危なげなく突破した。

そして、しばらく歩き回るうちに十二階層への階段を発見した。

（……ここまでかな）

俺はそろそろ戻った方がいいだろうと伝えた。スミレも同じ意見だった。

初の迷宮《ダンジョン》探索としては大成功だ。これ以上進むメリットは無い。

俺たちは、十二階層には進まず迷宮昇降機《ダンジョンエレベーター》を目指した。

慎重に密林領域を進む。昇降機の位置は、長い柱のように突き出ているのですぐにわかる。

迷宮昇降機《ダンジョンエレベーター》の近くは、魔物払いの結界が張られているため安全だ。

そのため他の探索者と出会う可能性が最も高い場所である。

徐々に迷宮昇降機《ダンジョンエレベーター》の扉が見えてきた。

（ん？）

俺たちの前に、二十人近い探索者の集団が目に入った。彼らの服には、リュケイオン魔法学園の校章が入っている。つまり学園の生徒たちだ。

彼らは幾つかのテントを張っており、焚火《たきび》をして食事を作っている。

どうやら、ここでキャンプをして一晩過ごすらしい。何名かがこちらに気付いたようで、こちらに視線を向けている。俺とスミレは軽く会釈だけして、横を通り過ぎようとした。

その時だった。

「あれ？　君たち学園の生徒だよね！　おーい！」

キャンプをしている人の中から、一人の女子生徒がこちらへ近づいて来た。

◇スミレの視点◇

「こんにちは。あなたは生物部のユージンさんよね？」

ユージンくんに話しかけてきたのは、一人の女子生徒だった。すらりとした体型で、足取りは軽く、ぱっちりとしたツリ目が『猫のような』印象を受けた。

「私は『体術部』のレオナ・ビアンキよ。よろしくね」

「はじめまして、ユージン・サンタフィールドだ。何で俺の名前を？」

「学園長のお気に入りのユージンさんを知らない人はいないわよ」

レオナさんがくすり、と笑った。

「お隣のあなたは『異世界』から来たという女の子であってるかしら？」

「は、はい！　指扇《さしおうぎ》スミレです！　よろしくお願いします」

私は慌てて頭を下げた。

ユージンくんだけかと思ったら、私のことも知られてるんだなぁ……。

「お二人は今日はもう帰るの？」

「ああ、探索は切り上げようと思ってる」

「じゃあ、ご一緒に夕食でもいかが?」

レオナさんからお誘いがあった。

「んー、……どうする?」

ユージンくんがこちらを気にするような視線を向けた。そう言われると、急に空腹が襲ってきた。それにとってもいい匂いがする。

「私はいいよ!」

折角のお誘いだし、もしかすると誰か友達ができるかもしれない。レオナさんは、とても話しやすそうだ。

「じゃあ、お言葉に甘えるよ。えーと、じゃあ支払いは……」

「あはは、作り過ぎちゃっていつも余っちゃうの。お代は結構よ! 遠慮しないで」

ユージンくんがお金のことを言うと、レオナさんは朗らかに笑った。気さくな人だなぁ。

「どうぞー、こっちよ」

レオナさんが、私たちを席へと案内してくれた。

席といっても、地面にレジャーシートのようなものが敷いてあるだけの簡易な席。

大きな鍋で料理を作っていた人が、ユージンくんと私にパンと濃厚そうなスープを取り分けてくれた。

スパイシーないい匂いが鼻に届く。どこか懐かしいような香り。

……ってこれ、もしかして。

「どうぞ、食べて」

「い、いただきます！」

レオナさんに促され、私はスプーンでスープをすくった。それをおそるおそる口に運ぶ。

「っ!?」

こ、この味って、やっぱり!?

「美味《うま》いな」

「でしょ？　いっぱいあるからお代わりしてね」

ユージンくんとレオナさんの会話を聞きつつ私は一心不乱にスープを掻《か》き込んだ。

「はぁ……」

私は、スープを食べ終え一息ついた。

「わっ、スミレちゃん、食べるの早いね」

レオナさんが目を丸くした。どうしても私は聞きたいことがあった。

「うん……このスープって名前何て言うの？」

「えーと、『カレー』って言う料理で……あ、そっか」

「うん……私たちの世界にもある料理なんだ……」

懐かしくて泣きそうになった。この世界に来て久しぶりに前の世界の食べ物と出会えた。

レオナさんから教えてもらった話だと、昔にこの世界にやってきた異世界人が広めた料理なんだそうだ。

……そっか。異世界転生人って私だけじゃなくて、昔にも居たんだね。

そしてカレーを広めたのね……。どこの国の人だったんだろう？

「おかわりも食べてね」

「は、はい……」

よく考えるとユージンくんの前でガツガツ食べて、ちょっとみっともなかったかな。

それからユージンくん、レオナさんと一緒に食事をしつつ、お互いの迷宮《ダンジョン》探索の情報交換をした。そして、そろそろ退散しようかな、というタイミングで。

「ねぇ、よかったら私たちのキャンプに参加しない？」

レオナさんが笑顔で私たちに提案してくれた。

「いいのか？　部外者を招いたりして。迷宮《ダンジョン》攻略の途中だろ？」

ユージンくんが不思議そうに尋ねた。ユージンくんの話だと、他の探索者部隊は基本的にライバルだから、あんまり馴《な》れ合わないんだって。

「私たちは新入部員と一緒に低層階で経験値を積むことを目的とした『三軍』だから。二百階層を目指す『一軍』はピリピリしてるけどね」

レオナさんは肩をすくめた。へぇ、一軍に三軍。つまりは、レギュラーと控えってことかな？　やっぱり部活なんだなぁ。

「そっか。スミレはどうする？」

「私は、もっとお話ししたいかも！」

「じゃあ、ありがたく同席させてもらうよ」

「はーい、じゃあ、他のメンバーを紹介するね！　実は、異世界転生者のスミレさんとお話ししたい子がいっぱいいるの！」

そう言ってレオナさんはパタパタと他の人たちのもとに走っていった。その間、ユージンくんに『体術部』について簡単に教えてもらった。

ユージンくん曰《いわ》く『体術部』は、学園内でも有数の部員数を誇る巨大派閥らしい。

個々の技術を極めんとする個人主義者の集まりで、変わり者が多いけど、気さくな人たちらしい。うん、レオナさんと話して私も話しやすいと思った。

他に有名な部活の話も教えてもらった。学園最大の武闘派である『剣術部』。迷宮《ダンジョン》探索部隊としても、最強の集団なんだそうだ。魔法使いの部活もあるそうだけど、大きな集団じゃなくて、それぞれの『属性』別に細かく分かれてるんだとか。

そして、属性別の派閥争いが多いらしい。

「火魔法研究部からは、絶対にスミレに勧誘が来ると思うぞ」

というのが、ユージンくんの予想だった。私が炎の神人族《イフリート》だからだそうだ……。

むぅ、勧誘されたらどうしようかなぁー。派閥争いには巻き込まれたくないなぁ。

ちなみに『生徒会執行部』は、とってもエリート意識が高いらしい。そう言えば、生徒会は嫌なやつらがいたっけ。私は、先日ユージンくんが絡まれた出来事を思い出した。

しばらくして、レオナさんが何人か体術部の後輩の子を連れてきてくれて、お話をした。

私が異世界のことを話すと、感動した面持ちで聞いてくれた。

……そんなに面白い話はできなかったんだけど。

彼らにとって、異世界人と話せるだけで価値があるらしい。たくさん、おしゃべりした後。

私はレオナさんにお風呂に誘われた。

ユージンくんは、体術部の人に誘われ一緒にトレーニングするみたい。

◇

「はぁー、さっぱりしたぁ」

「ふふー、どうだった？　体術部自慢の魔法の露天風呂」

そう！　なんと、本格的な露天風呂が準備されていたんだ！

やっぱり異世界は違うなぁ。

「凄《すご》い魔道具《マジックアイテム》だね。あれも体術部の備品？」

「そう！　すっごく高いんだけど、みんなで迷宮《ダンジョン》探索で稼いだお金で購入したの。やっぱりお風呂って大事だよね」

「うん、わかる！」

私とレオナさんは、身体《からだ》から湯気を上げながらユージンくんの所に戻ってきた。

ユージンくんは『体術部』の男子生徒たちに混じってトレーニングをしていた。体術部の人たちは、素手。ユージンくんは木刀を構えている。

パッと見るとユージンくんが有利なように見える。

実際、ユージンくんは体術部の男子たちを軽くあしらっているみたいだった。

「すげーな、あんたの剣筋。帝国の出身って聞いたけど、一体どこの流派なんだ？」

「弐天円鳴流っていう、東の大陸の流派だよ。親父《おやじ》が東の大陸の出身なんだ」

「へぇー！　他大陸の剣か！」

「剣術部にも東の大陸の流派は居なかったよな。いい修行になる」

「よし、もう一度やろうぜ！」

「かまわないけど、……俺だけ剣でいいのか？」

「むしろ助かるんだ。今度の剣術部との試合の練習になるからな！」

「次は剣術部に勝つぜ、なぁみんな！」

「「「「おう！」」」」

どうやら、体術部の皆さんは剣士であるユージンくんとトレーニングできるので喜んでるみたい。凄く盛り上がってる。

一日がかりで迷宮《ダンジョン》探索をしていたと聞いたけど、みんな体力あるなぁ。その後、ユージンくんと男子生徒たちは、近くにあるという滝に汗を流しに行った。そこに小さな泉があるらしい。寒くないのかな？

私はレオナさんや、他の女子生徒とおしゃべりをして帰りを待った。ほどなくして、ユージンくんが戻ってきた。

「おかえりー、ユージンくん」

「おまたせ、スミレ」

私は手を振ってユージンを出迎えた。ちなみに、周りは暗くなっている。

これは、迷宮《ダンジョン》内が『夜』になっているんだとか。

「建物の中なのに、夜があるの!?」と驚いたが、私たちがいる『天頂の塔《バベル》』は、神様が造った迷宮《ダンジョン》だから、普通に考えては駄目らしい。

迷宮《ダンジョン》内にも生態系があって、魔物の生活がある。そのため、外と同じように昼と夜があるらしい。というわけで、夜の暗い景色に私にも眠気がやってきた。

「ところで二人は今日どこで寝るの？　ユージンさんは男子と一緒のテント。スミレさんは私たちと一緒のテントでいいかしら？」

　レオナさんが提案してくれた。私はそのつもりだったので、頷《うなず》こうとした時。

「いや、俺は自分のテントがあるからそこで寝るよ」

「え!?　ユージンくん、テント持ってきてたの？　今日は日帰りの予定だったよね？」

「迷宮《ダンジョン》探索の時はいつも持ち歩いてるよ。迷宮昇降機《ダンジョンエレベーター》で半日待たされる、なんてこともあるし」

　なんと、ユージンくんは泊まりの準備もしていたのだった。

「ねぇねぇ、テント見せて！」

「いいよ」

　ユージンくんは、探索鞄《かばん》からテントを取り出した。魔道具《マジックアイテム》のようで、最初コンパクトだったのにあっという間に大きくなる。四人くらいは入れそうな、しっかりしたテントだった。

「わわっ、これってオータムピーク製品だよね？　いいなぁー」

　レオナさんが羨ましそうに見つめる。異世界でもキャンプグッズの有名メーカーはあるらしい。

「つーわけで、俺はここで寝るから心配いらないよ。スミレはレオナと一緒に……」

「ねぇねぇ、ユージンくん。このテントって何人用かな？」

「ん？　四人用だけど」

「じゃあ、私もこっちで寝るよ。レオナさんの所にお邪魔するのも悪いし」

「「えっ!?」」

私の言葉に、ユージンくんとレオナさんが驚いたような声を上げた。

別に変なことは言ってないよね？　ユージンくんと私は、同じパーティーなんだし。

だったら、一緒に行動するのが普通だと思うんだけど。

「いいよね？　ユージンくん」

「ま、まぁ……スミレがいいなら」

「あ、あ〜、お二人はそういう……あはは、お邪魔しちゃってゴメンねー」

レオナさんは顔を赤くして行ってしまった。ん〜？　どうしたんだろう？

「じゃ、じゃあ、寝るか。スミレ」

「うん！」

ユージンくんの様子がおかしい。いつも冷静なのに、どこか落ち着きがない。

（………あれ？）

ここで私は、やっと気付いた。さっきのレオナさんの顔が赤かった理由。

一緒のテントで寝るって、よく考えてみると……。

あ―――！　何言ってるの私ー！！！！

◇ユージンの視点◇

（……落ち着かない）

手を伸ばせば届くような距離。スミレが薄い毛布を身体にかけて、横になっている。

見た目だけなら、どこかの国のお姫様と言われても通じそうな美少女。

風呂上がりのスミレはいつもより色っぽく見えた。

寝巻きは持ってきていなかったようで、体術部の女の子から借りたらしい。

薄手のシャツは、彼女の身体のラインを強調している。

（あらあら、手ぇ出しちゃうの？　私が居るのに～!!）

何故《なぜ》か魔王《エリー》の声が頭の中に響いた。くそ、あの堕天使！

人の邪念に出てきやがって。俺は邪《よこしま》な考えを払うように、頭を振った。

「……ユージンくん」

その時、スミレに話しかけられた。

「な、なに……？」

声が上ずる。動悸が速まるのを抑えながら、スミレの言葉を待った。

「ユージンくんって兄弟っている？」

俺の家族についての質問だった。

「いないかな、一人っ子だよ」

「へぇ～、私は妹がいたんだ。前世の話だけど」

「そうか……」

「だけど、あんまり覚えてないんだけどねー……。友達の顔となるとさっぱり」

今のスミレには家族が居ない。友人もほとんどいない。

さっきまで、体術部の女の子たちとしゃべっていて、一人になったら寂しさがやってきたのだろうか。

「ユージンくんの子供の頃の話を聞かせて欲しいな」

「俺の？　聞きたいなら話すけど……」

スミレは自分に記憶が無いから、人の話を聞きたいのだと言った。

そういうことならと、俺は自分の身の上話を語った。

「俺の生まれは東の大陸でさ」

「えっ！　そうなんだ。こっちの大陸じゃないんだね」

「けど、物心つく前にこっちにやってきたから東の大陸のことは覚えてないんだ」

「どういうこと？」

「長い話になるんだけど……」

俺は、スミレに語った。

俺の祖父や親父は、東の大陸のとある小国に代々仕えていた剣士だった。

親父が十八の時に母と結婚。でも母は俺を産んですぐに死んでしまった。

東の大陸は、多くの国がずっと戦争を続けている。

ある時、仕えていた国が大きな戦争で滅んでしまった。

祖父を含め、ほとんどの家族は散り散りになってしまったそうだ。

親父と俺は南の大陸へ亡命した。

俺が覚えているのは、南の大陸に来てからのものだ。

親父は俺を育てるために、仕事を探して南の大陸の各地を転々としていた。

ある時、狩猟に来ていた当時の皇太子殿下＝現皇帝陛下が、竜《ドラゴン》に襲われている所を親父が刀一本で救い出した。

親父の剣の腕に惚《ほ》れ込んだ皇太子殿下は、自分の護衛に親父をその場で雇い入れた。

具体的な金額は知らないが、当時の親父がやっていた傭兵《ようへい》稼業の百倍くらいの金額を提示されたらしい。というわけで、晴れて宮仕えになった親父は帝国に居を構えることになった。そして今は、皇帝陛下の片腕『帝の剣《インペリアルソード》』である。

ちなみに、親父は今でも独身だ。再婚はしていない。

縁談は、数百件あったそうだが全て断ったらしい。皇帝陛下からの紹介すら、だ。

「親父《おやじ》は何で再婚しないんだ？」と俺が聞くと、

「お前の母さんがいるからな」とだけ答えてくれた。

それ以来その話はしないようにしている。親父が皇帝陛下に仕えるようになってからは、
俺は寮付きの帝国軍士官学校に通うことになった。

そこで出会ったのが、幼馴染《おさななじみ》のアイリだ。


――帝国第七皇女アイリ・アレウス・グレンフレア

初めて会った時は、随分と生意気な女の子だった。

「ねぇ！　あなた剣が得意なんですってね！　私と勝負しなさいよ！」

当時の学年一位の剣の成績だったアイリから勝負を挑まれた。

「別にいいけど」

親父に四歳の頃から剣術指南を受けていた俺は、同世代との試合は初めてだった。

そこでアイリをコテンパンにしてしまった。

「な、なんで……？　い、一本も……かすりもしないなんて……」

涙ぐむ皇女殿下を見て、何だかすごく悪いことをしてる気がしたのをよく覚えている。

「アイリ殿下。もう二十本目だから、そろそろ終わりにしない？」

「もう一回！　最後よこれで！」

結局、その日はアイリが動けなくなるまで合計五十回。模擬試合を続けさせられた。

――翌日から

「ユウ！　勝負よ！　今日こそは私が勝つわ！」

「また……？　今日は戦術試験の勉強をしたいんだけど……」

「それは私が教えてあげるわ！　とにかく勝負しなさい！」

「はいはい」

毎日のようにアイリから挑まれる日々。

俺が円鳴流の剣技を教えると、素直なアイリはぐんぐん腕を上げていった。

その代わりに幼い頃から高い教育を叩《たた》き込まれているアイリから座学を教えてもらった。

当時は、読み書きくらいしかできなかった俺が、帝国軍士官学校の高度な授業についていけたのはアイリのおかげだ。

俺とアイリは、常に学年の一位と二位を争うライバルだった。

（……あの頃は楽しかったな）

つい感傷的になる。アイリの話になると、どうしても胸がざわつく。

しかし、こうしてスミレに思い出話をするくらいには乗り越えられたらしい。

そして、ついに訪れた帝国軍士官学校の『選別試験』。

俺は親父と同じような魔法剣士にはなれなかった。

その後、リュケイオン魔法学園に留学してきたことを語った。

「……て、わけだよ。リュケイオン魔法学園を卒業すれば、帝国に帰っても職には困らないし、気に入ったならずっと迷宮都市《ここ》に居てもいいぞ、って親父には言われてる」

長話になってしまった。うまく話せただろうか？　俺はスミレのほうを見た。

「…………」

スミレが俺をじっと見ていた。

「どうかした？」

「許せないね！　そのアイリって子！　ユージンくんが苦しんでる時にそんなこと言うなんて！」

どうやらアイリのことに憤慨しているようだ。

「仕方ないよ、アイリは皇女だ。俺みたいな『才《アビリティ》無し』と一緒には居られない立場だから」

「でも！　納得いかないよ！」

スミレはいい子だ。真っすぐ感情を表に出す。常に『感情を抑えて』いる俺とは違う。

俺がそれを微笑《ほほえ》ましく見ていると、スミレが何か言いたげな目でじっと見つめてきた。

「スミレ？」

「ねぇ、ユージンくん。最終迷宮《ラストダンジョン》の到達階層記録を樹立したら、凄《すご》い名誉だって言ったよね？」

「ああ、南の大陸の全探索者の目標だよ」

「ユージンくんならきっと凄い記録が立てられるんじゃない？　今日は十階層の階層主《ボス》を一人で倒しちゃったし」

「うーん、一人って言うか……スミレの魔力《マナ》を借りた結果だからなぁ」

決して俺一人の力ではない。

「でも、私の保護者がユージンくんだし。一緒に探索者をすれば、五十階層も百階層も夢じゃないよね!?」

「五十階層くらいは目指してもいいかもな。でも百階層は無理だよ」

「どうして？」

「百階層の階層主は特別なんだ。九十九階層までの魔物とは生物としての格が違う」

「ふうん？……そうなんだ」

俺の説明にスミレが、難しい顔をしている。その辺も、そのうち説明していこう。

確かに、俺は十階層を突破した。今までの俺はずっとDランク探索者だった。

階層主に挑戦したことがなかったから。しかし、階層主を倒した探索者はCランクへと階級がアップする。更に上を目指すのはありかもしれない。

ま、百階層なんてのはずっと先の話になるだろうけど。

「思ったより長話になったな。スミレ、そろそろ寝よう」

「……うん」

スミレが静かになった。俺は目を閉じる。

静寂が、テント内を支配した。が、再びスミレが話しかけてきた。

「ねぇ、ユージンくん」

「なに？」

「私、ユージンくんと同じ部活に入ろうかな」

「生物部に？」

「うん」

「……そっか」

「ユージンくんは、反対？」

「そんなことないよ」

異世界転生者のスミレにはもっと相応《ふさわ》しい所がある気がする。しかし、本人が入りたいというなら反対する理由は無い。ただ、一点気にかかるのは。

（あいつらをスミレに紹介するのか……）

生物部は、俺を含めて合計五人だけの小規模な部活だ。

が、メンバーが例外なく『癖が強い』。

……スミレが驚かないといいけど。

「じゃあ、決まりね！　オヤスミ！」

そう言ってスミレはあっちを向いて寝息を立て始めた。

俺も目を閉じて、睡眠のために意識を落とした。

思っていたよりも疲れていたんだろう。すぐに眠りにつくことができた。

◇

「おっはようー！　起きてー!!」

俺が朝起きて荷物の整理をしていると「カンカンカン！」と金属が叩かれる音がした。

見るとレオナが、お玉で鍋を叩いている。

「おーい、スミレ。起きろー」

「んー……、あとちょっと……」

スミレが寝ぼけている。どうやら朝は弱いらしい。何度か声をかけ、起きてもらった。

女性の寝顔を見るというのは、少し気恥ずかしい。

その後、テントで携帯食料の朝食をとっていると、レオナがやってきた。

「ねぇ、ユージンさんは今日は帰っちゃうの？」

レオナに聞かれ、俺はスミレと顔を見合わせた。

「俺はどっちでもいいけど」

「私はもっとレオナさんたちと、お話ししたいかなー」

「私も！　じゃあ、一緒に探索に行こうよ！」

スミレの言葉で、体術部との合同探索することになった。本当にフレンドリーだな、体術部は。俺は手早くテントを片付けた。

「さあっ！　出発ー」

レオナの掛け声で、俺たちは出発した。その道程は……驚くほど順調だった。

「オークが出たぞー！」

「おっしゃぁ！」「囲め！」「遅いんだよ！」「軽い攻撃だなぁ！」

「プギャアアアアア!?」

魔物が出ても、血気盛んな体術部の面々があっという間に倒してしまう。

（本当に三軍か……？）

体術部の層の厚さに驚く。

「スミレ、正拳突きはこうやるの」

「こ、こう？」

「そうそう！　上手。で、蹴りはこうね」

「なるほど！」

道中、スミレがレオナに体術を習っていた。

「筋がいいねー、スミレちゃん。どう？　体術部に入ってみない？」

勧誘を受けてるようだ。流石《さすが》は異世界人。大人気だ。

「で、でも、私、ユージンくんと同じ部活に入るつもりで……」

「生物部？　でも部活の掛け持ちもできるよ？　検討してみて！」

「う、うん、わかった。考えてみるね」

俺としてもマイナーな『生物部』より、人数の多い『体術部』の方が良いんじゃないかなーと思う。が、それはスミレが決めることだ。俺は何も言わなかった。

「ユージンさん！　怪我人《けがにん》が出た」

「ほい、回復《ヒール》」

俺は魔物との戦闘で怪我をした体術部員を回復魔法で治した。大きな怪我をしている人は居ない。せいぜい、軽い切り傷や打ち身程度だ。

「すげぇ！　こんなスピードで怪我を治す回復士は初めてだ！」

「ユージンさん、腕が良いな！　体術部の専属にならないか!?」

「駄目よー、ユージンさんは、生物部の副部長なのよ？」

「わかってるよー、レオナ隊長」

気が付くと俺も勧誘されていた。こんな風に大勢で、探索するのは初めての経験だった。

そして頼ってもらえるのも。

（悪くないな）

体術部との同行を決めた、スミレに感謝しよう。


――その後も、探索は順調だった。

十一階層は当然として。十二階層も難なくクリア。十三階層で一度昼休憩を取った。そこから十四階層では、コボルトの集団に少し驚かされたが無事に撃退できた。

一匹だけ、コボルトの上位種が混じっていて。そいつが、スミレに襲いかかった。

「きゃー！！！」

とスミレが悲鳴をあげると同時に、火の嵐《ファイアストーム》が発動。

コボルトの上位種は消し炭になった。相手が悪かったな。

「「「「…………」」」」

俺が何度も念押しして、スミレとは距離を取ってもらっていた体術部の面々が絶句していた。ふぅ……、危なかった。

勿論《もちろん》、俺はスミレの炎を結界で防いでいる。隊長であるレオナは、顔が引きつっていた。

そんなちょっとしたトラブルはあったが、なんとか十五階層に到着。

「じゃあ、今日はここでキャンプにしましょう！」

レオナが皆に指示を出す。今日のキャンプ飯は、肉や野菜を鉄板で焼いたものだった。

「わーい、BBQ《バーベキュー》だー！」

スミレがはしゃいでいる。

（ばーべきゅー……？）

聞き慣れない単語だったが、これも異世界に由来する料理なのだろうか？

単独《ソロ》の探索ではやらない料理だった。単純な料理だけど、とても美味《うま》かった。

ちなみに、またも代金は請求されなかった。回復魔法でチャラということらしい。

大した怪我も治してないのに、少しばかり心苦しい。

「スミレちゃーん！　お風呂行こうー」

「行こう行こう♪」

「スミレちゃんって肌綺麗《きれい》だよねー」

「手入れ、どうやってるのー？」

スミレはすっかり体術部の女子たちと仲良くなっている。というか、今日も合同キャンプなのか……？　初探索で、迷宮《ダンジョン》内で二日過ごすとは。やはりスミレは、将来大物になりそうな気がする。俺は、テントの準備をした。

（今日もスミレは、俺のテントに泊まる気か……？）

そう考えると落ち着かない。若い男女が狭いテントで……、あんまり良くない気がするけど……、うーむ。そんなことを考えていると、誰かがやってきた。

「ユージンさん。今日はお疲れさま」

「レオナ、二日続けて参加させてもらって悪いな」

「何言ってるのよ。ユージンさんのおかげで回復薬を節約できてるし。助かってるのはこっちのほうよ」

レオナがニコニコとこっちに近づく。そして、すっと目を細めて俺の耳元で囁《ささや》いた。何やら秘密の話らしい。

「……今日から合流した子に聞いたんだけど」

「何を？」

「十階層の階層主をたった一人で倒したって本当？」

「…………ああ、一応な」

隠しても仕方ない。どうせ中継装置《サテライトシステム》で、映像は誰かに見られていたのだ。

俺の言葉にレオナが目を丸くする。

「すごっ！　やっぱり学園長のお気に入りって違うわね！」

「別に、運が良かったんだよ。炎の神人族《スミレ》の魔力《マナ》を借りられたからさ」

「でも、普通は無理よ！……そんなユージンさんにお願いがあるんだけど」

レオナの声が真剣味を帯びたものになる。どうやら、ここからが本題らしい。

「今回の探索だけど……、最後まで付き合ってくれないかしら？　ただ、正式な合同部隊となると、支払う依頼金の予算が降りないから、あくまで今みたいな二部隊が一緒に行動するだけになるのだけど……」

少し申し訳無さそうに頭を下げられた。十階層の助力《ヘルプ》の正式な依頼ではなく、非公式のお願い。もっとも探索面や食事において、『体術部』には大きなお世話になっている。

こっちも謝礼を支払っていないのを、心苦しく思っていたくらいだ。

「いいよ。一応、スミレにも相談するけど」

「本当!?　やったー!!」

レオナが両手を上げて喜ぶ。

スミレは、体術部の女の子たちと仲良くなっているしおそらく問題ないだろう。

「ところで」

俺は気になっていたことを聞いた。

「目標って何階層なんだ？」

俺はレオナに尋ねた。もっとも、予想はついている。彼らの腕前ならおそらく……。

「私たちは二十階層の階層主の撃破を目指してるの」

レオナの回答は、想像通りのものだった。

六章／ユージンは、二十階層を目指す

――二十階層の階層主《ボス》を倒す。

レオナは、そう言った。その答えに驚きはない。むしろ……。

「このメンバーなら余裕なんじゃないか？」

俺は正直な感想を伝えた。体術部のメンバーと組手をして、気づいたこと。

彼らの練度は高い。言っては悪いが、十階層で出会った蒼海《そうかい》連邦の探索者たちとは比べ物にならない。

「ま、私も問題ないと思うんだけどねー」

レオナも素直に認める。

しかも、聞いた所レオナたち『体術部・三軍』は、十九階層まで既に何度も到達しているらしい。道理でサクサク進むはずだ。

今回の探索は、修行のための再探索だったのだ。

「そう……なんだけど。ちょっと心配なことが……」

「……？　何が心配なんだ？」

俺はレオナに尋ねた。

「ユージンさんは知ってる？　最近の階層主《ボス》って、強さが変だって噂《うわさ》があるの」

「………いや、初耳だ」

正直、スミレと出会うまでは階層主と戦うつもりなどなかった。

迷宮《ダンジョン》探索も進める予定はなかったから、上層の情報収集はしていない。

「最近の『天頂の塔《バベル》』ってね、難易度の調整が狂ってるって噂なの。ユージンさんが倒した『人喰い巨鬼《トロール》』だってそう。十階層で、『大型の黒』なんて、前まではなかった。正直、あの強さなら二十階層か三十階層でもおかしくないって言われてたもの」

「……そうだったのか」

俺は階層主と戦うのが初めてだったから気づかなかった。

中継装置《サテライトシステム》を通して、探索者たちが階層主と戦う様子を見たことは多くある。

実際に戦ってみて「なるほど、階層主とはこれくらいの強さなんだな」と思っただけだった。そして、レオナの懸念についても察しがついた。

「だから、回復道具だけだと不安だから回復魔法が使える俺が助っ人《すけと》にってわけだな」

「そうなの！　それに……いざとなったら、ユージンさんが倒しちゃってもいいわよ？」

レオナがぱちんとウインクする。

「体術部の獲物を奪ったりしないよ。ところで二十階層の階層主って確か……」

「ゴブリンキングね」

レオナの言葉に、俺は小さくうなずく。中継装置《サテライトシステム》の映像を記録魔法で見ていた。

数日前の探索者が挑戦して、失敗していたのを覚えている。

誰かが倒していなければ、階層主はそのままだ。

――『ゴブリンキング』。

十階層の人喰い巨鬼《トロール》と異なり、群れを率いるタイプの階層主。ゴブリン単体の力は強くない。階層主自身も、十階層の階層主と同等か、少し劣るくらいだ。

やっかいなのは数が多いことだろうか。

それでも『体術部』のメンバーが万全で挑めば、楽勝ではないにせよ、危険な敵ではないだろう。スミレにとってもいい経験になるかもしれない。

「事情はわかったよ。サポートは任せてくれ」

「ありがとう、ユージンさん！　助かるわ！」

「あ、あぁ」

レオナに手をぎゅっと握られる。体術部の人たちは、スキンシップが多い。

一緒に水浴びに行った男子生徒たちも、

「ユージンくん、筋肉すげーな」

「なぁ、どんな訓練してるんだ？」

と言いつつ、俺の身体《からだ》を触ってくる。やっぱり体術部だから、体造りにはこだわりがあるんだろうか？　これで用件は済んだかと思ったが、俺の手を離し少し視線を泳がせてレオナが口を開いた。

「ところで……、ユージンさんって『英雄科』のクロードと仲が良いって噂、本当？」

「クロード？　ああ、あいつの乗ってる飛竜は生物部で世話しているのと、以前に何度か遠征パーティーに臨時メンバーで参加したことがあるよ」

　急に話題が変わった。

「へぇ～、そーなんだー」

「あいつがどうかした？」

「んー……、ううん！　なんでも無い！」

「……？　そうか？」

　何が聞きたいのか、よくわからなかった。

「じゃあねー、おやすみ。明日もよろしくね☆」

　そう言ってレオナは去っていった。入れ替わりでスミレが帰ってきた。

　お風呂に入ってきたようで、身体から湯気を立てている。

「さっきレオナさんとすれ違った時に聞いたんだけど、明日もよろしくって言われたよ」

「ああ、レオナたち体術部は二十階層の突破を目指してるらしい。それを手伝ってほしいってさ」

「ふぅん？　ユージンくんはＯＫしたの？」

「スミレがいいならな」

「私はいいよ！　友達もいっぱいできたし」

その言葉に、つい笑みがこぼれる。スミレは明るいし、いい子だ。

こっちの世界に来た当初は、戸惑いと不安な表情をずっと浮かべていた。

けど、最近は楽しそうだ。体術部の探索に誘ってもらえて良かったと思う。

「じゃあ、明日の探索に備えなきゃね！」

「ああ、早く寝ておけよ」

「ユージンくんは、まだ寝ないの？」

「俺は少し剣の修行をしておくよ」

そう言って蒼海連邦の探索者からもらった剣を腰から引き抜いた。

（……今日は出番がなかったな）

なら、その分修行でもしよう。ゆったりと弐天円鳴流の構えをとる。

いつもは木の棒を使って素振りをしていたけど、やっぱり剣のほうが落ち着く。

（ん？）

視線を感じた。スミレが頬杖《ほおづえ》をついて、俺のほうを眺めている。

「どうかした？」

「見てていい？」

「お好きに」

苦笑する。さて、観客付きか……。

ただの素振りも味気ない。周りを見回すと、十五階層は密林領域のため木々に囲まれている。その中で、一本枯れかけている木を見つけた。

おそらく何かに齧《かじ》られたのか、根の部分が抉《えぐ》られている。枝には枯れ葉が、かろうじてくっついている。

（こいつがいいな……）

俺はその木に近づき、「ドン！」と掌底を打った。枯れ木が大きく揺れ、枝についていた木の葉がぱらぱらと落ちてくる。

（ざっと二十枚ってところか）

さっと目視し、剣を構える。ここで使うべきは……。

――弐天円鳴流『風の型』鎌鼬《かまいたち》
多数の敵に囲まれた時に用いる、剣舞のような型。３６０度、全てのものを斬りつける剣技だ。シャッ！　と木の葉を切り終え、「どう？」とスミレに目配せする。

てっきり感心してくれるかと思ったが、スミレは目を大きく見開きぽかんと大口を開けていた。

「スミレ？」

「ゆ、ユージンくん…………」

「どうだった？」

「い、今のって……、落ちてくる木の葉が地面に落ちる前に全部斬っちゃったの!?」

「ああ、でも腕が鈍ってるな。数枚は斬りそこねた。親父《おやじ》に見られたら、説教だな」

「す、すごーい！　凄《すご》すぎてよくわからないけど、ユージンくん、凄い！　ねね！　他には他には!?」

「んー、じゃあ。次はこれかな」

気分をよくした俺は、久しぶりに円鳴流のいろいろな技を披露した。

わーわー、騒いでいると体術部のメンバーたちも『何だ何だ？』と集まってきて、彼らにも見せるはめになった。

結局、寝るのはかなり遅くなってしまった。まぁ、こんな日もあるだろう。

◇翌朝◇

俺たちは、十五階層から出発した。

ちなみに、上階への階段は『天頂の塔《バベル》』の魔法により、毎日場所が変わる。

そのため、前日に見つけておいてもあまり意味はない。

もっとも体術部は、すでに一度十九階層まで到達している経験者。すぐに十六階層への階段を発見した。ここでは、いくつかのゴブリンの集団に襲われた。

ゴブリンの集団のリーダーは、上位種のホブゴブリン。

俺は炎の神人族《スミレ》の魔力《マナ》を借りた魔法剣で参戦しようと思ったが、あっという間に体術部の面々が討伐してしまった。

「あーあ、残念だったね。ユージンくん」

「ま、しょーがないよ」

スミレの言葉に、肩をすくめる。十七階層では、オークの集団と遭遇。これを難なく撃破。

ここで一度、迷宮昇降機《ダンジョンエレベーター》の近くで休憩をとった。

別の部員が、食料を持って合流。俺とスミレはそれを分けてもらった。

パンに焼いた肉や野菜、油で揚げた魚などを挟んでソースで味付けしたものだった。

「わーい、サンドイッチだ！」

スミレが喜んでいる。知ってる料理だったらしい。

……俺も結構好きかもしれない。

今度、自作してみようと思った。食事を終えて、俺たちは探索を再開。

十八階層では、コボルト部隊が襲ってきた。コボルト部隊は、槍《やり》や弓を使うことが多くリーチが短い体術部は少し苦戦する場面があった。

と言っても、重症の者はいない。俺は基本的に、回復係だ。

一時間ほどの探索ののち、俺たちは十九階層へと到達した。

俺は回復魔法を使うため、スミレと一緒に体術部のメンバーの後方に控えていたのだが
……正直、暇だった。

「出番は無さそうだな」

「まぁまぁ、ユージンさん。安全が一番だからさ。ユージンさんが一緒だからみんな安心して探索できるもの」

今度はレオナに詫《わ》びられた。同行をお願いした手前だろう。

「うーん、でも本当に順調だねー」

スミレが気の抜けた顔をしている。これは、一度言っておくか。

「スミレ、言っておくが甘いことを言えるのは低階層までだぞ。天頂の塔《バベル》が人類未到達の『最終迷宮《ラストダンジョン》』と呼ばれているのは伊達《だて》じゃないからな。この前百階層のことは言ったけど、五十階層でも難易度が急激にあがる。俺たちは十階層をクリアしたから、現在C級探索者で五十階層を突破すればB級。ここの壁は厚い」

「と言っても、私たちはまだ十九階層だけどね」

「まぁな」

レオナの言う通りだった。結局、まだまだ低層階。

安全マージンをしっかり取れば、そこまで探索は危険ではない。

こうして、俺たちは大きなトラブルなく二十階層へ続く階段を発見した。

◇

二十階層に着いた瞬間、俺が感じたのは違和感だった。

（…………静か過ぎる）

階層主の縄張りは、ボス以外に強い魔物はいないので不思議ではない。

しかし……何かが変だ。具体的にはわからない。

ただの『勘』だった。とにかく嫌な予感がする。

――ユージン、剣士の勘は信用しろ。

親父の言葉を思い出した。

「レオナ」

撤退しないか？　と俺は言おうとして思いとどまった。

隊長であるレオナの表情が、真剣なものに変わっていた。

彼女も何かしらの異変を感じ取っている。

「ユージンさん、二十階層をどう思う？」

レオナに質問された。

「わからない。でも嫌な感じだ」

俺は正直に答えた。

「レオナさん、ユージンくん行かないの？」

「隊長、どうしました？」

スミレと体術部の面々が、レオナの号令を待っている。ここまでの探索は順調だった。

普段の俺は単独《ソロ》だから、ちょっとでも気が乗らなければすぐに探索を止める。

しかし今は部隊《チーム》だ。彼らの士気は高く、中断するには理由がいる。

隊長《レオナ》は迷っている様子だった。彼女は小さく深呼吸した。

「……みんな気を付けて、慎重に進みましょう」

「「「はい！」」」

レオナは探索を続けることを選択した。俺も、それを止めることはしなかった。

俺は部外者だ。あくまでこの部隊の決定権は、体術部が持っている。

俺たちはゆっくりと二十階層を奥へと進んだ。

「「「…………」」」

十九階層までと異なり、皆が寡黙になる。

隊長であるレオナの緊張感が伝わったのかもしれない。

二十階層は、密林の領域《エリア》。背の高い雑草も多く視界は悪い。

――ザザザ……

草を踏む音が聞こえ、そちらに目を向けると、鹿がこちらを見ていた。

その他にも草食の動物――無害な獣の姿がちらほら見える。魔物はいない。

「いませんね……ゴブリン」

体術部員の一人がぽつりと言った。階層主の領域には、階層主以外の魔物は居ない。

現在の二十階層には、ゴブリンキングが率いるゴブリンの群れがいるはずだ。

が、魔物の影は見当たらない。さらにしばらく探索を続けた所、奇妙なものを見つけた。

それは、血溜《だ》まりの中に倒れる小さな人型の魔物。

――ゴブリンの死体だった。

「レオナ、撤退しよう。今の二十階層は様子がおかしい」

「そうね、戻りましょう」

俺は迷わず進言し、レオナも同意した。

「え？　レオナ隊長、撤退ですか!?」

「ユージンくん、どうして？」

「現在の二十階層はゴブリンキングの縄張り《テリトリー》だ。ゴブリン以外の魔物は居ないはずだ」

「だけど、ゴブリンが死んでいた。異常なことが起きてるわ」

可能性として考えられるのは階層主の交代。

稀《まれ》に二種類の階層主が同じ階層に発生してしまい階層主同士が争う場合がある。

その時に出くわすと、二体の階層主《ボス》を相手にすることになり、絶対に避けるべき事態としてリュケイオン魔法学園では教わっている。

「ユージンさん、何が起きていると思う？」

レオナと俺はしんがりを務め、足早に歩きつつ会話した。

「階層主《ボス》の交代だと思う」

「私もそう思う。二十階層の階層主でよく発生するのは、ゴブリンキング以外では、コボルトキング、オークキングあたりね」

ゴブリンキングの群れと、他の魔物の群れが縄張りを巡って争っている。それなら、先ほどのゴブリンの死体は説明がつく。が、俺にはまだ納得いかない点があった。

「静か過ぎる」

「そうね。私も気になってるわ」

俺の言葉に、レオナが頷《うなず》いた。ゴブリン、コボルト、オーク、はいずれも大人しい種族ではない。戦いの際には、敵を威嚇し、大きな声を上げる。

二種族の魔物の群れの争いであれば、相当騒がしいはずだ。

しかし、今この密林の領域は非常に静かだ。


――まるで全ての生き物が息を殺しているかのように。


俺たちは静かに、素早く迷宮昇降機《ダンジョンエレベーター》を目指した。

「レオナ隊長、本当に戻るんですか？　折角ここまで来ましたが……」

体術部の一人がやや不満そうに告げた。

「ええ、慎重過ぎるかもしれないけど……」

密林の奥。遠くに細長い塔のような、迷宮昇降機《ダンジョンエレベーター》が見えてきた。

ほっと、息をつく。その時だった。

――ずしん、という音と共に地面が揺れた。

巨大な影が、俺たちの前に現れる。それは四足で地面に立ち、外見だけなら黒い大狼《おおおおかみ》のように見えた。だが、違う。木々の天辺《てっぺん》をも超えるほどの巨体。

十階層の階層主よりもさらにでかい。

それを目にした時、――ゾワリ、と全身の肌が粟立《あわだ》った。

本能が悟った。こいつはヤバいっ……！

「ご、ゴブリンキングが！」

誰かの悲鳴が上がる。

俺たちが倒そうとしていた階層主――ゴブリンキングの死体を口にくわえた、三つの頭を持つ巨大な四足の怪物が悠然とこちらを見下ろしていた。

「け、ケルベロスだ！！！！」

誰かの悲鳴が上がった。

――冥府の番犬《ケルベロス》

その名の通り、普段は『死者の世界』である冥府に住まう怪物である。

いや、神話に出てくる伝説の生物だ。十階層の階層主人喰い巨鬼《トロール》を遥《はる》かに上回る巨体でありながら、俺たちの頭上を軽々と飛び越えてくるほどの俊敏性。

階層主であるゴブリンキングを餌として捕食している。

人間などこの怪物にとっては、虫けらのようなものだろう。

「全員、逃げて！！！」

レオナが部員たちに指示し、部員たちも応えるように四方へ散った。

「スミレ、逃げるぞ!!」

「う、うん……」

何が起きているのかよくわかっていないスミレの手を引き、俺は密林の中へ駆けだした。

俺自身も理解が追いつかない。なぜ、こんな低階層に冥府の番犬《ケルベロス》が……？

「ユージンくん！　あの三つ頭がある犬って強いの!?」

「あれは『神獣』だ！　絶対に殺すことができない！」

「へっ!?　ど、どーいうこと!?」

俺がスミレの質問に答えようとした時。

「ギャアアアアアアアアア……！」

身の毛がよだつような悲鳴が聞こえた。

――バキ……、グシャ、……という骨が砕ける音と、何かが咀嚼《そしゃく》される音が聞こえた。

「えっ？」

息を呑《の》む声が聞こえる。隣ではスミレが真っ青な顔をしている。

「あっ!?」

スミレが足を絡ませ、転んだ。

「スミレ！」

俺はスミレを抱き上げて走った。

「ゆ、ユージンくん……さっきのって」

「今は考えるな」

俺は兎《と》に角《かく》、冥府の番犬から距離を取ろうと全力で走った。

最悪な事態は、まだ続く。


――百階層『神の試練《デウスディシプリン》』を開始《スタート》します。


二十階層内に、無機質な声が響いた。

「ひゃ、百階層……？」

スミレの戸惑った声が聞こえたが、俺は問いに答える余裕が無かった。

戸惑っているのは俺も同じだ。何故《なぜ》、百階層の天使の声《アナウンス》がここで流れる……？

俺は走りながら周囲を見回し、隠れる場所を探した。

何か……、どこか、身を隠せる場所は……、あった！

巨大な木の幹に、ぎりぎり二人が入れるくらいの空洞がある。

中に魔物が隠れている可能性はあるが、外にいるよりはマシだ。
俺はスミレを抱えたまま飛び込んだ。
空洞には、ぎりぎり二人が収まった。た、助かった！
俺は地面にスミレを座らせ、すぐに空洞の入口に結界を張った。
（結界魔法・身隠し）
これで空洞の外から、俺たちの姿は見えない。
それどころか、空洞自体も見えないはずだ。
……だけど、あの『神獣』ケルベロスの鼻を誤魔化せるのだろうか。
「ゆ、ユージンくん……」
「待って、静かに」
不安気な声を上げるスミレを手で制し、俺は耳を澄ました。
……ズシン……ズシン、という足音が近づいてくる。
地面が小さく揺れる。自分の鼓動かスミレの鼓動が早鐘のように響く。
ハッ……ハッ……ハッ……ハッ……ハッ……ハッ……
獣の荒い息が聞こえる。
「ヒッ！」
スミレが小さく悲鳴を上げ、慌ててその口を押さえた。

冥府の番犬《ケルベロス》の三つある頭の一つが、俺たちのいる空洞へゆっくりと近づく。

人間の頭部ほどもある巨大な眼球が、獲物を探している。

ぎょろりとした黒い瞳が、俺と目が合った気がしたが気づかれはしなかった。

結界は機能しているようだ。

ハッ……ハッ……ハッ……ハッ……ハッ……ハッ……

獣の息が、空洞内に響く。

スミレは呼吸を止めるかのように、口を手で塞いでいる。

（……………………早く向こうへ行ってくれ！）

心の中で願う。

しばらく、結界のあたりを睨《にら》んでいたが、やがて去っていった。

た、助かった……。俺はその場に座り込んだ。

「ねぇ……あれ……なに？」

涙声のスミレの肩を抱き寄せた。スミレの身体《からだ》が震えている。

いや、震えているのは俺も同じかもしれない。

心を落ち着けるために、俺はスミレにゆっくりと説明した。

「スミレ、魔法学院で魔物には強さによって危険度の順位《ランク》がつけられていることは知ってるよな？」

「う、うん……、それはリン先生に習ったけど……」

スミレの言葉に俺はうなずく。

俺たち探索者が迷宮《ダンジョン》で魔物に出くわした時、戦うべきなのか、逃げるべきか。

それを判断するために魔物には危険度が設定されている。

その中でも最上位なのが『災害指定』。

これは、街一個を滅ぼした、もしくは滅ぼしかねない魔物に対して付けられている。

成竜なんかは、それにあたる。

千年以上生きたとされる古竜《エンシエントドラゴン》に至っては、例外なく『災害指定』だ。

俺はそんな魔物とは戦ったことはない。

親父《おやじ》はあるらしいが、「流石《さすが》に好んで災害指定の魔物とは戦いたくないな」と言っていた。

「さっきのケルベロスっていうのは……、その災害指定の魔物ってこと？」

「……違う」

俺は、ギリと奥歯を強くかみながら答えた。

そう、魔物の中で最上位の危険度である『災害指定』の魔物。

だが、冥府の番犬《ケルベロス》はそこに含まれない。

なぜなら、あの怪物は神獣だからだ。

「神獣はその災害指定の魔物たちの遥か上位。……何十万年も生きている神話時代の怪物だから……」

「…………そ……んな」

スミレは理解ができない、という顔をしている。

俺も正直、まだ悪い夢なんじゃないかと思っている。

「神獣は……、天界にいる神様の眷属《けんぞく》だ。本来なら地上には居るはずがない。唯一、『最終迷宮《ラストダンジョン》』と呼ばれる場所にだけ出現する特別な存在……」

そう、本来なら出会うはずのない。特定の条件でのみ出現する。

「聖神様が百階層ごとに配置したと言われている『神の試練《デウスディシプリン》』に出現する神獣。だから本来は百階層より下の階層で出会うはずが無い……はずなんだ」

「……ここ二十階層だよ？」

スミレが涙声でつぶやく。

「ああ……変なんだ。こんなこと聞いたことがない」

あり得ないことが起こっている。

これがレオナが言っていた、迷宮《ダンジョン》の難易度がおかしくなっているという件か？

にしたって無茶苦茶だ。

二十階層にやってきたばかりの探索者に、神獣をぶつけてどうしようっていうんだ！

……憤ってもなにも解決しない。スミレは、がたがたと震えている。

俺はスミレが落ち着くよう、肩を抱き寄せた。徐々に震えが収まっていく。

しばらくして、スミレがポツリと言った。

「ユージンくん、あの怪物が殺せないって言うのはどういう意味……？」

「神獣は魔物とは違って『無限の命』がある。だから『神獣』を倒すのではなく、いかに知恵と勇気で乗り越えて、次の階層に進むか……それが『神の試練《デウスディシプリン》』。百階層ごとに配置されているそれは別名『試練の獣《ディシプリンビースト》』とも呼ばれてる」

「……どうやって乗り越えればいいの？」

「それは神獣によって違うから……」

スミレの質問に、力なく答えた。

俺の迷宮《ダンジョン》記録は、たったさっき更新したばかりの十九階層。

百階層の怪物と戦うことなど、想像もしていなかった。

俺の言葉に、スミレが押し黙った。

しかし、沈黙に耐えかねたように口を開いた。

「……さ、さっきの三つ頭の怪物は、強いの？」

「ああ、ケルベロスは有名な神獣だよ」

俺は、記憶にある知識を口に出した。

「『試練の獣《ディシプリンビースト》』は何が出現するか決まっていない。他の階層と違って百階層や二百階層は、普段は何も居ないんだ。挑戦者が現れた時だけ『試練の獣《ディシプリンビースト》』が『召喚』される。冥府の番犬《ケルベロス》は、過去数回召喚されたことがあるが……俺の知る限り冥府の番犬を突破できた探索者はここ百年以上、居ない」

言ってみて気づく。悪い情報ばかりだ。

「……そ、そんな」

『試練の獣《ディシプリンビースト》』にはかなりの強さのブレがある。

運悪く冥府の番犬が出てきたら、おとなしく諦めたほうが良い、と学園の探索授業では教えられている。

「レオナさんたち、無事かな……」

「わからない……うまく逃げられているといいけど」

「私たち、これからどうするの？」

「こうなったら迷宮職員《ダンジョンスタッフ》が来るまで待つしかないな……」

この異常事態は、中継装置《サテライトシステム》で見ているはずだ。

きっと救助に動いてくれている。

「迷宮職員《ダンジョンスタッフ》さんって、さっきの怪物を倒せるほど強いの？」

「まさか……、多分百階層をクリアした上位探索者たちに依頼をかけると思う」

「そ、そっか！　じゃあ安心だね！」

スミレの顔に少しだけ笑顔が戻った。が、懸念はある。

百階層をクリアした探索者は『A級』探索者と呼ばれ、その数は非常に少ない。

そもそも常に迷宮《ダンジョン》に潜っていることが多い。運よく、すぐに手配できるだろうか？

俺は持ってきた探索鞄《かばん》に目を向けた。

もともとキャンプの予定は無かったので、携帯食料はあまり持ってきていない。

おそらく半日分程度だろう。救助が来るまで、持つだろうか。

俺とスミレは、狭い木の空洞の中で身を寄せ合って救助を待った。

スミレからは、時おり質問をされたが、正直外に居る神獣が気になって会話どころではなかった。

……時間の進みが遅い。

どれくらい経《た》っただろう？

数時間かもしれないし、一時間も経っていないのかもしれない。

その時、だった。

――『神の試練《デウスディシプリン》』を終了します。挑戦者は全滅しました。

二十階層に無機質な天使の声《アナウンス》が響いた。

「…………え？」

最初に声を上げたのは、スミレだった。

――挑戦者が全滅した。

最終迷宮《ラストダンジョン》の『管理者の声《てんし》』はそう告げた。

だが、間違っている。俺とスミレはここに居る。

だが、今回の俺たちと体術部は、正式な合同パーティーではない。

二つのパーティーが同行していただけだ。

だから……『挑戦者』というのが、『体術部』のみを指すのだとしたら？

「ぜ、全滅……？　れ、レオナさんは……？　そ、そんな……」

スミレがガタガタと震えている。俺は何も言わず、スミレを抱きしめた。

（……どうする？　いや、考えるまでもない。このまま『身隠し』で隠れ続けるしかない）

俺がそう決意した時、再び無情な声が響いた。

――縄張り《テリトリー》内にいる新たな挑戦者に告げます。

「「!?」」

俺とスミレがびくりと震えた。新たな挑戦者……?

おそらく現在の二十階層にいるのは俺たちだけだ。

迷宮《ダンジョン》管理者には、俺とスミレがいることがバレている。

――挑戦を取りやめる場合は、すみやかに縄張り《テリトリー》外へ退避しなさい。縄張りの外に出ない場合は、自動的に『神の試練《デウスディシプリン》』が開始されます。

(……おいおい、ふざけるなよ)

ここは二十階層だぞ、『迷宮《ダンジョン》の管理者』!

なにを普通に『神の試練《デウスディシプリン》』をやってるんだ!?

しかし、それを大声で訴えるわけにもいかない。

外には神獣ケルベロスが居座っているのだ。

もともと百階層にしか『試練の獣《ディシプリンビースト》』が出現しないというのも、過去の実績のみだ。

そういった約束事が交わされているわけでは無い。

そして、このままここに留《とど》まっても事態は好転しない。

スミレは真っ青な顔で震えている。

俺が守らないと。彼女の保護者は俺なのだから。

(……覚悟を決めろ、ユージン・サンタフィールド)

「ゆ、ユージンくん……」

「スミレ、俺を信じてここで待っててくれ」

「ユージンくんは、どうするの!?」

「囮《おとり》になる」

「む、無理だよっ！　たくさんいた体術部の人たちが全滅したのに！」

「大丈夫、俺に考えがあるから」

「で、でも……」

「今は時間が無い。スミレは絶対にここから動かないでくれ」

俺は念押しして、空洞の外へ向かった。

『神の試練《デウスディシプリン》』の敗北条件に『時間切れ』がある。

時間切れになれば、『神獣』は召喚元に帰る……と聞いたことがある。

殺すことができない『神獣』相手にひたすら時間稼ぎをされないように。

次の挑戦者に機会を与えるため、らしい。

時間切れで敗北しても、命を取られるわけではない。

もっとも冥府の番犬を相手に時間を稼ぐことができるかどうか……。

嘆いても仕方がない。

兎《と》に角《かく》、時間を稼ぎ『迷宮職員の救助《ダンジョンスタッフ》』もしくは『神の試練の時間切れ《デウスディシプリン》』を狙う。

他に方法は無い。ずっとここに隠れているという手もあるが……。

少なくとも最終迷宮《ラストダンジョン》の管理者は、俺とスミレの存在に気づいている。

俺たちが今居る場所は、神獣の縄張り《テリトリー》内。

この空洞に隠れているだけではいずれ見つかると考えた。

そうすればスミレを守りながらでは、戦うことすらできない。二人とも殺される。

「スミレ、行ってくるよ」

「ユージンくん……」

「スミレの魔力《マナ》を貰《もら》ってもいいか？」

「うん……」

俺は小さく震えているスミレの手を握った。

――魔力連結《マナリンク》
俺はスミレから赤魔力《マナ》を分けてもらう。熱い大量の魔力《マナ》が、流れ込んでくる。

「んっ……」

スミレが小さく喘《あえ》ぐ。一気に魔力《マナ》を貰い過ぎたかもしれない。

「大丈夫か？」

「うん……レオナさんの仇《かたき》を……ううん、ユージンくんは絶対に生き延びて」

「わかった」

目に涙を浮かべ俺を見上げるスミレに俺は無理やり笑顔を作り、空洞の外へ向かった。

外へ出て、洞穴の入口に結界魔法を重ねがけする。

スミレが、冥府の番犬《ケルベロス》に見つかってしまうことだけは避けないと。

改めて、二十階層を見回す。

（……静かだ）

獣の鳴き声どころか、鳥のさえずりひとつしない。

今の二十階層は『神獣』の御前。全ての生き物がひれ伏している。

「ユージン・サンタフィールドは『神の試練《デウスディシプリン》』に挑戦する」

俺はDランクの『探索者バッジ』へ話かける。

無機質な天使の声《アナウンス》が、階層内に響いた。

――挑戦者ユージン・サンタフィールドの『神の試練《デウスディシプリン》』への申請を受理しました。健闘を祈ります。

（受理……されたか）

もう後には引けない。俺を中心に、白線が輝き広がる。

挑戦者の領域だ。そして、神獣にとっての獲物の目印になる。

……ズシン……ズシン
と冥府の番犬《ケルベロス》の足音が近づいてくる。
三つの頭から、低い唸《うな》り声《ごえ》をあげ伝説の神獣がこちらを見下ろしている。
胸の鼓動がうるさい。
身体《からだ》の震えは、恐怖からなのか武者震いなのかわからなかった。
(親父《おやじ》……、こんな時はどうすればいい？)
剣の師であり、目標でもある親父に心の中で問うた。

——笑え。とりあえず困難《ピンチ》になったら笑っとけ、ユージン。そうすりゃ、きっとなんとかなる。


記憶の中の親父は、相変わらずいい加減だった。

だけど、いつも間違ってはいなかった。

「ふぅ……」

俺は小さく息を吐く。

「じゃあ、やるか！」

俺はニヤリと不敵に笑うと、弐天円鳴流の構えをとった。

七章／ユージンは、神の試練に挑む

俺はこちらを見下ろす冥府の番犬《ケルベロス》に向けて剣を構えた。

弐天円鳴流における守りの構え。

救助が来るまで、なんとか時間を稼ぐ必要がある。

「魔法剣・炎刃《フレイムブレイド》」

刀身が赤く輝く。……ジジジ、という音が耳に届いた。

高密度の魔力《マナ》が弾《はじ》けている。人喰い巨鬼《トロール》やゴブリンキングに相対するなら十分な火力。

しかし、伝説の神獣相手にどこまで通用するだろうか？

そんな疑問を挟むまもなく、ケルベロスはその巨体からは考えられないほどの速度でこちらに迫った。

「ガアアアアア！！！」

冥府の番犬の鋭い爪が、黒い風となって伸びる。

――弐天円鳴流『林の型』猫柳
（痛っ！！！）

完全に受け流したはずの攻撃は、避けきれなかった。

しかも、俺の身体を守る結界を易易《やすやす》と突き破ってくる。

「……大回復《ハイヒール》」

ざっくりと鋭い爪で切られた腕を、瞬時に癒やす。

ブオン！！！！！

「くっ!!」

大きな冥府の番犬の足が、横から迫っていた。躱《かわ》しきれない！

「結界魔法・光の大盾!!」

とっさに結界魔法を使って防御する。

ドォン！　と気が付いた時には、結界魔法ごとふっとばされていた。

地面の上を数回バウンドし、それでもなんとか受け身をとった。

「はぁ……はぁ……はぁ……はぁ……はぁ……はぁ……」

全身の骨が軋《きし》む。信じられないくらい息が上がっている。

……ズシン、……ズシン、と重い足音が近づいてくる。

冥府の番犬は、まるで期待外れだという顔でこちらを見下ろしている。

（無理だ……）

時間稼ぎなど不可能だった。さっきのケルベロスの攻撃は、おそらく様子見。

その証拠に、三つ首の頭を持つ怪物は一度も俺に向かってその牙を向けていない。

本気をだされていれば、その瞬間に終わっていた。

「ふぅ～」

息を整える。防御ではだめだ。こちらから攻めなければ。

守りの構えを解き、自然体に直す。

重心を下げ、ゆっくりと次の攻撃に備える。

――弐天円鳴流『風の型』空歩

冥府の番犬との距離を一気に詰める。

人喰い巨鬼《トロール》相手なら、一瞬だけ視界から外れることができた。

が、相手は神獣。当然のように、こちらの動きなどは読んでいる。

(構うか！！！)

――弐天円鳴流『火の型』獅子《しし》斬

十階層の階層主《ボス》を倒した技。回転の力をそのまま剣撃に加える。

赤い刃に宿るのは、炎の神人族《イフリート》の魔力《マナ》。それを冥府の番犬の首元に叩《たた》きつけた。

ガキン！　と堅い金属にぶつかったような音がした。ケルベロスの牙に弾かれた。

「うおおおおっ！」

構わず剣を振るい続ける。

ガン！　ガン！　ザシュ！

幾つかの斬撃はケルベロスの皮膚を切り裂く。僅かにそこから血が吹き出る。

しかし、致命的な傷は負わせられていない。

「ガアアアアア！！！」

怒ったケルベロスが、大きな口を開け俺を飲み込まんと迫る。

「ぐっ！」

相手の攻撃をギリギリで避け、斬撃を叩き込む。逃げるのではなく、攻めるための回避。

どれだけ素早くとも人喰い巨鬼《トロール》やゴブリンキングの数倍の巨体を持つ冥府の番犬。

その足元から死角をつけば、こちらに分がある。

しかし、わずかでも判断を誤れば一瞬でこちらは潰される。

ギリギリの攻防。つかの間の、互角の戦い。

しかし――

ジ……ジジ……

俺の持つ『魔法剣・炎刃』の魔力《マナ》が、少しずつ減少している。

これはスミレから貰った『赤魔力《マナ》』。
俺自身の魔力《マナ》ではない。だから、いずれ底を尽く。
スミレの『赤魔力《マナ》』が無くなれば、俺は攻撃ができない『欠陥剣士』。
ザン！
ケルベロスの鋭い爪が、俺の結界魔法を抉《えぐ》る。
さっきの攻撃で三重の結界を、ぶち破られた。
「っ痛!!」
肩の肉を抉られた。
「回復《ヒール》」
大回復《ハイヒール》をする暇がない。止血だけして、とにかく動く。止まったら終わりだ。
「結界魔法・全身鎧《フルアーマー》」
結界も張り直さないといけない。生身なら、あっという間にひき肉だ。
しかし、俺自身の魔力《マナ》もどんどん消費している。
俺はスミレのように無尽蔵の魔力《マナ》を持っていない。
結界魔法が無くなれば、俺はボロ雑巾のように引き裂かれるだろう。
（……駄目だ、もたない。あと数分で、俺は負ける……）
しかし、二十階層にはスミレが居る。逃げることもできない。

（一体、どうすれば……？）

焦る気持ちを抑え、何か打つ手が無いか考えていた時。

――ユージン、私と……しなさい。

頭の中に、美しい声が響いた。

いつかの魔王エリーニュスとの会話が、脳裏をよぎった。

◇

「ねぇ、ユージン。実は私とユージンって『仮契約』状態なのって知ってた？」

「…………え？」

それはある日、いつものようにエリーと一夜を過ごした時。

その日もエリーが激しかったので、うつらうつらしていたが、眠気が吹き飛んだ。

仮契約？

「ど、どういうことだっ!?」

「そんな顔しないの」

エリーは妖艶に微笑《ほほえ》み、俺の髪を優しく撫《な》でた。

「ユージンは定期的に私に『抱かれて』るでしょ？　これは五大契約のひとつ『躰《からだ》の契

約』にあたるの。だから私たちの身体は、お互いの魔力《マナ》で繋《つな》がっているってわけ。魔法使いたちが使う魔力連結《マナリンク》みたいなものね」

「そう……なのか……？　全ての契約には双方の『合意』が必要じゃなかったか……？」

「交わっている時点で合意に決まってるでしょ？」

「そ、そりゃそうか」

当たり前の話だった。

「ま、知らないうちに結ばれてるなんて『躰の契約』くらいよ。他はきちんと『契約の儀』が必要だから。というわけでユージン、もし私と正式に契約したいならいつでもできるわよ。ふふっ、おめでとう」

「なんか知らないうちに高額商品を買わされてたような気持ちなんだが……」

詐欺にあった気分だ。知らない間に、魔王との仮契約か……。

「いいじゃない、魔王エリーニュスと契約できる人間なんてそう居ないわよ。私とユージンの身体の相性はとってもいいの。多分、人族で私と契約ができるのはユージンだけね」

「……そうなのか？　結界魔法が使えれば誰でもできるんじゃ」

「な、わけないでしょ。そもそも私とこうやって普通に会話すらできないわよ。誇りなさい、ユージン。貴方《あなた》は大したものよ」

「…………」

魔王の言葉は、どこまでも優しく甘い。

幼馴染《おさなじみ》との別れで傷心だった俺には、それが天使の囁《ささや》きのように聞こえた。

……実際、エリーは堕《お》ちた天使なわけで。

兎《と》に角《かく》、こちらの心に付け込むように口説いてくる。

「ところで私の才《アビリティ》については知ってる？」

「当たり前だろ」

目の前に居るのは千年前の暗黒時代、南の大陸を支配した伝説の魔王。

その伝説の力については、幼子でも知っている。

「天界を追放された堕天使エリーニュスは、慈愛の『白』、光の『黄』の力を失った。代わりに暴力の『黒』、毒の『藍』、死の『紫』の力を得た……だよな？」

俺は昔、士官学校で習った言葉を口にした。

「そうね、一般的にはそう言われてるわ」

「違うのか？」

「いい、もう一つあるの。私と契約をすればその力も手に入るわ」

エリーが俺の頬を撫で、優しく耳元で囁く。

「ユージンが本当に困った時、迷わず私を呼びなさい。わざわざ大牢獄《ろうごく》まで来なくても、最終迷宮《ラストダンジョン》の探索中でもいいわ。私の魔力《マナ》は、ユージンの身体《からだ》の中で出番を待っている。ただ、一言だけこう言えばいいの……」

◇

俺は、冥府の番犬の攻撃を避ける。
あと数回は避けられる。……そして、その後はもう無理だ。
迷いに迷った末、俺は決めた。許されることではないのかもしれない。

——魔王との契約。

しかし、力を得ることを望むのも、また本心だった。
目の前に迫るのは、冥府の番犬と恐れられる伝説の神獣ケルベロス。
何も試さず、ただ敗れる……のを待つのはしたくなかった。
「…………」
俺は、覚悟を決めた。その言葉を口にした。
——ユージン・サンタフィールドは魔王エリーニュスと『契約』する。

次の瞬間、俺の身体をおぞましい瘴気《ナニカ》が包み込んだ。
名状しがたいそれが、俺の身体を這《は》いまわっている。
まるで生きているかのように。
(これが……魔王エリーニュスの魔力《マナ》……？)
それとも魔力《マナ》よりも格上の霊気《エーテル》だろうか？
だが、炎の神人族《イフリート》であるスミレから譲り受けた霊気《エーテル》に近い魔力《マナ》とはまた異なる。
まったく別のおぞましい魔力《マナ》。それでいて、奇妙な全能感。
(これが……かつて南の大陸を支配したという魔王の力……)
ついさっきの神獣に感じていた時の恐怖は、すっかり霧散している。
相手を叩き潰したくて、身体が震えている。
俺は空中で軽く剣を振るった。
ゴオオオオオオ！　という風切音と共に巨大な斬撃が目の前を切り裂いた。
密林の木々が、大きな鎌で切り取られたかのように綺麗《きれい》な断面を見せていた。
軽く振っただけでこの威力。
全力で剣を振るえばどうなってしまうのか……。その時。
(……ぐっ)

がくりと身体の力が抜けた。
いや……、力ではなく生命力そのものが削られていくように感じる。
ずっと使い続けられはしない。おそらく、長くは意識が持たない。
幸い冥府の番犬《ケルベロス》は、俺を警戒するように距離を取っている。
俺は刀身に視線を向けた。
……ジ……チ……チチ……
既に『魔法剣・炎刃』の魔力《マナ》は尽きかけ、赤の輝きは鈍くなっている。
(はやく……次の魔法剣を……使わない……と)
魔王である堕天の王《エリーニュス》の力は四つ。
暴力の『黒』
毒の『藍』
死の『紫』
そして、最後の……………。
(駄目だ……)
意識が途切れそうになる。考えがまとまらない。
自分ではない何者かが、俺の身体を支配するような錯覚に襲われた。
(ユージン！　ちょっと、何をやってるの!?)

エリーの声？　まずい、ついに幻覚まで……。

（誰が幻覚よ！　本物だから、本物～！）

（……エリー？）

（そうよ！　さっきユージンは契約に合意したんでしょ？　だからこうやって念話ができるってわけ）

（そ、そうか……）

（それより早く精神を護《まも》る結界魔法を使いなさい。今のユージンじゃ、精神は『魔王《わたし》』の瘴気《しょうき》に耐えられないわ）

（……わかった）

俺はエリーの忠言に大人しく従う。

──結界魔法・心鋼
普段、余り使うことのない精神系の結界魔法。

発動すると徐々に、意識がはっきりしてきた。

（助かったよ、エリー）

（そうそう、これから魔王《わたし》の魔力《マナ》を扱う時は常に精神に気を配りなさい。廃人になるわよ）

ごくりと、つばを飲み込む。エリーの忠告がなければ危なかった。

(ありがとう。あとでお礼に行くよ)
(ふふふ、いいのよ。これでユージンは私のモノだもの、ふふ……)
(今……何て言った？)
(ほらほら、よそ見しないの。目の前にケルベロスちゃんがいるでしょ？)
何やら恐ろしい台詞《せりふ》が聞こえる。あとで問い詰めないと。
だが、エリーの言う通り今は神獣の相手が先だ。小さく息を吸う。

――魔法剣・闇刃《ダークブレイド》

俺は魔王《エリー》から借り受けた黒魔力《マナ》を使って魔法剣を発動した。
刀身が真っ黒に染まる。『黒』の魔力《マナ》が司《つかさど》るのは、単純な『暴力』。
ぶっつけ本番で魔王の魔力《マナ》を使って複雑な魔法はできそうにない。
ならば、最も威力が高いと思われる攻撃で一気に仕留める。
「……グルルルルルルル」
冥府の番犬が、こちらを警戒するように低く唸《うな》る。いや、その目は……。
(笑ってる……？)
何故《なぜ》か、俺にはケルベロスが喜んでいるように見えた。

(ふふ、どうやら歯ごたえのある相手と出会えてケルベロスちゃんは嬉《うれ》しいみたいね。普段は辛気臭い冥府で、陰気な死の王神《プルートー》のおっさんの番犬だもの。そりゃ、地上でくらい思いっきり暴れたいわよね)

エリーの声も楽しそうだ。

(エリーは、ケルベロスと面識あるのか?)

(当たり前でしょ? ベテランの天使なら冥府なんてしょっちゅう行くし、ケルベロスちゃんにはよく地上のご飯を持っていってあげたら喜んでたわ。冥府の食べ物って、全然美味しそうじゃないもの)

(……エリーって結構凄《すご》いんだな)

(今頃わかった?)

魔王としての有名さは知ってたつもりだったが。

天使時代の話はあまり聞いたことがなかった。

もし、無事に生き延びられたなら、色々聞かせてもらおう。

(じゃあ頑張りなさい、私の可愛《かわい》いユージン)

(…………ああ)

ツッコミたいが、今は目の前に集中しよう。

伝説の魔王から借り受けた力。負けは、許されない。

「「「…………オオオオオオオオオオオオオオオオオン！！！！！」」」

その時、冥府の番犬の三つの頭が大きく遠吠《とおぼ》えをした。

「ぐっ……！」

暴風が荒れ狂う。密林領域の木々が吹き飛んでいく。

俺とケルベロスの間に、ぽっかりと小さな広場ができた。まるで決闘場のように。

（……スミレは？）

ちらっと、後ろのほうにあるスミレが隠れている巨木を見る。

大丈夫だ。あっちは無事だ。

それに、スミレの周囲にも結界を張ってある。問題ない。

「…………グルルル」

ケルベロスが重心を低くし、獲物を狙うようにこちらを睨《にら》む。

俺も相手に集中する。雑念の一切を排除する。

（……いざ、尋常に）

俺は親父《おやじ》の口癖を、心の中で真似《まね》た。

東の大陸で、決闘の時に使われる合図らしい。

――弐天円鳴流『雷の型』

黒い刀身を鞘《さや》に納める。そして、腰を落とし抜刀の構えをとる。

俺のできる最速の剣。

…………！！！

冥府の番犬の姿が消える。

それは上空高く飛び上がり、一足で俺のもとに達しようとしているのだと感覚で悟った。

俺はそれを避けず、迎え撃つ。

（……勝負）

ドン！！！　と爆発するような音を立て踏み込む。

――奥義・麒麟《きりん》

音速で迫るケルベロスを、置き去りにする。

自身の速度のせいで、周りの時間がゆっくりと流れる。

ザン！！！！

俺は、冥府の番犬の真ん中の頭を切り落とした。

ギャアアアアアアアアアアア！

ケルベロスが絶叫した。
しばらく、苦しみ悶《もだ》えたあと、二つ首となったケルベロスは倒れなかった。
「っ……！」
たったの一振りだけで身体《からだ》への負担が凄《すさ》まじい。
もう一回、魔法剣を使えるだろうか？
しかし、ケルベロスの頭はあと二つある。倒れるわけにはいかない。
（備えろユージン……、まだ……終わっていない……）
神獣は不死の存在だ。たとえ首を落としても、死んだりはしない。
俺は倒れそうな身体を奮い立たせ、剣を構える。
が、ケルベロスは戦意を喪失したように動くことはなかった。重苦しい時間が過ぎる。
その時、ケルベロスの足元に巨大な魔法陣が現れた。
あれは……召喚術式？　残った二つの頭が、俺の方を向いた。
そして、ニィ……、と牙をむき出しにして笑った。
（な、なんだ……？）
剣を構える手が震える。が、ケルベロスは襲ってくることはなかった。
……見事ダ、若キ剣士。

そんな声が聞こえた気がした。
ケルベロスの姿が光の中に消えていく。
え……？
ぽつんと取り残される。これは……一体？
ズキズキと頭が痛む。頭が混乱する。

――おめでとうございます。挑戦者の勝利です。

二十階層内に、無機質な『天使の声《アナウンス》』が響いた。
その言葉に、すぐに反応できなかった。
（しょうり……？）
え……？　終わった……のか？
全身の力が抜ける。その場に膝をついた。俺は魔法剣の発動を止めた。
次の瞬間、蒼海《そうかい》連邦の探索者に貰《もら》った剣は、音もなく崩れ落ちた。
もう、武器はない。しかし、敵もいない。
（そう……か）

理解した。

俺は――理不尽な『神の試練《デウスディシプリン》』冥府の番犬《ケルベロス》に勝利した。

八章／ユージンとスミレは、相棒になる

◇スミレの視点◇

――挑戦者の勝利です。


その声が聞こえた時、私は大樹の空洞を飛び出して、ユージンくんの所に駆け寄った。

ユージンくんは膝をつき、虚《うつ》ろな目をしてる。

私は大声で彼の名前を呼んで、そのまま抱きしめた。

「ユージンくん！」

「…………スミレ、大丈夫か？」

「私じゃなくて……ユージンくんのほうが……」

大きな怪我《けが》こそしていなかったけど、ユージンくんは息も絶え絶えで、喋《しゃべ》るのもやっとという感じだった。こんな、ボロボロになって……。

私はそのユージンくんの姿を見て、悔しさで泣きそうになった。

私は……無力で、泣いてばかりで、助けて貰ってばかりで……。

どうして、私はこんなにも弱いんだろう。

「迷宮昇降機《ダンジョンエレベーター》へ向かおう。迷宮職員《ダンジョンスタッフ》が来てくれているかもしれない」

「う、うん」

私たちはゆっくりと歩いた。

「「…………」」

トボトボと歩く途中、私たちはずっと無言だった。

ユージンくんは、少しふらふらしていて足取りが重い。

私は彼に合わせてゆっくりと歩いた。

そして、少し開けた場所に出た時、私たちは足を止めた。

押し倒された木々。抉《えぐ》れた地面。そして、所々にある真っ赤な血溜まり。


「…………………え？」


その声は、私が発したものだとすぐに気づかなかった。

目の前の景色を、脳が受け付けない。

ぽつぽつと。そこには赤いオブジェが散らばる、凄惨な光景が広がっていた。

それらは『体術部』の部員たちだった死体《もの》。

皆、どこかしらの身体がねじ曲がっており、酷《ひど》い場合は身体がちぎれている。

恐ろしい目にあったのであろう、恐怖の表情に歪《ゆが》んでいる者も居る。

見るに堪えない光景だった。

「…………………あ……あぁ……」

「…………」

私の口からは言葉にならない声が漏れ、ユージンくんは顔をしかめて無言だった。

そして私は、見つけてしまった。

血溜《だ》まりの中に倒れる――レオナさんを。

「……そん……な……」

私はふらふらと、レオナさんだったモノに近づいた。

キャンプに誘ってくれた屈託のない笑顔。

私に『体術』を教えてくれた真剣な表情。

同じ部活に勧誘してくれた楽しそうな声。

つい半日前、その記憶が鮮明に蘇《よみがえ》り。

それが二度と戻らないのだと思い知らされた。

「うっ……うっ……うっ…………」

私はその場に崩れ落ち、泣いた。なんで……こんなことになったの？

それとも、この世界ではこれが普通なの……？

さっきまで仲良く話していた子が、次の瞬間に死ぬかもしれない……。

「無理だよ……私は、こんな世界で……生きていけないよ……」

ユージンくんがいて。レオナさんと友達になって。

少しだけ、この世界が好きになってきたのに。

あんまりだよ……こんなのってないよぉ……。

「帰して……、元の世界に帰してよ……神様……お願い……うぅ……」

目から涙が溢《あふ》れ、口からは空虚な願いがでるばかり。

その時、肩を抱き寄せられた。

振り返るまでも無く、ユージンくんだ。

（なに……？）

今の私には、どんな慰めの言葉も届かない。そう思った。

「スミレは、元の世界に帰りたいのか……？」

そのユージンくんの言葉に、私の頭はカーッ！　と沸騰した。

「そうだよ！！！　こんな世界で私は生きていけないよ！！！！　友達がすぐに死んじゃうような馬鹿な世界はありえないよ！　私の世界はもっと……もっと平和だったの！」

こんなことを言っちゃいけない。ユージンくんは、私を助けてくれた。

さっきだって命がけで、怪物と戦ってくれた。

でも、言葉は止まらない。これは八つ当たりだ。

みっともないヒステリーを起こしているだけ。

「帰りたい……帰して……前の世界に帰してよ……」

「スミレ……」

ユージンくんが、私の名前を呼んだけど私は返事ができなかった。

早く泣き止《や》まないと……という冷静な感情と、このまま泣き続けたいという気持ちが入り混じる。

私はどうしたいのか……、自分でもわからない。その時。


「……俺がスミレを前の世界に帰すよ」


ユージンくんの言葉が耳に届いた。

（……………え？）

何を言ってるの？

「そんなの無理に決まってるじゃない！」

私が顔を上げ反射的に反論した。けれどユージンくんの顔は真剣だった。

「最終迷宮《ラストダンジョン》では百階層ごとに、聖神様からの『天の贈品《ヘブンズギフト》』を得ることができる」

「？……それが……何？」

意味がわからない。なぜ、そんな話を今するんだろう。

「五百階層にある『天の贈品《ヘブンズギフト》』は『異界門《ワールドゲート》』。異世界へ渡ることができるという言い伝えがあるんだ」

「…………………………へ？」

その言葉の意味が理解できなかった。

い、異世界へ渡る？　そ、そんなことできるの!?

五百階層に行けば、元の世界に戻れる!?

え、えーと……と、混乱する頭で言葉を紡いだ。

「だ、駄目だよ……。今の私は炎の神人族《イフリート》だから。元の世界に戻っても人間とは違うし……」

「三百階層の『天の贈品《ヘブンズギフト》』は、どんな姿にでもなれる『身変わりの泉』だ。それで転生前の人族に戻ることを望めばいい」

「ふぁっ!?　えええええええっ！！！」

そ、そんな都合よい神器があるの!?

「そ、それじゃあ……ほんとに……私は前の世界に帰れるの？」

「まあ、五百階層への到達者はここ五百年でたった一人しかいない。五百階層に『異界門《ワールドゲート》』があることを本当に確認したことがある者は一人だけ。今となっては伝説に近い話だから、絶対とは言えないんだけど」

ユージンくんが、少し申し訳無さそうな顔で言った。

「で、でも……可能性はあるんだよね？」

「ああ。天頂の塔《バベル》の第一位の記録保持者《レコードホルダー》である探索者クリストが言葉を残している。五百階層には神器『異界門《ワールドゲート》』があって異世界を自由に渡れるって」

「じゃあ……本当に元の世界に戻れる……の？」

「何度も言うけど、そのクリストの言葉を確認した探索者は未《いま》だに居ないからな。たった一人の探索者の言葉だ」

しかし、元の世界に戻れる可能性があると知れて、私の心が晴れるのを感じた。

生きる希望が生まれた気がした。

だって、さっきのユージンくんは凄《すご》く強いという『神獣』にだって勝ったのだ！

ユージンくんが手伝ってくれるなら、夢物語じゃないんじゃない？

……ただ、私には疑問が残った。

「ユージンくん、……何でそこまで私にしてくれるの？」

そんな疑問が口から飛び出した。私はどんな言葉を期待したんだろう。

ユージンくんは、私の保護者だ。だから、私の我儘《わがまま》を聞いてくれる。

こんな質問をしたって「仕事だからね」って言われるだけだと思った。

「え？」

ユージンくんが、きょとんとした顔になった。

「そうだな……」

彼は上を見上げて、少し考える仕草をした。そして、ぽつぽつと語り始める。

「……俺の実家『聖原家《サンタフィールド》』ってのは、東の大陸の小国で、剣聖の血を引く家系として、代々主君に仕えてきた一族なんだ。まぁ、俺の生まれた国は戦争で滅んだんだけど」

ユージンくんから語られる言葉は、以前テントの中でも少し聞いた話だった。

「親父《おやじ》は、南の大陸でグレンフレア皇帝陛下っていう仕える主君を見つけた。俺にはそれが少し羨ましかった。やっぱり血筋かな……」

主君って。なんだか、……前の世界のお侍さん？　みたい。

「だから俺は仕えたかった相手——皇帝を目指していた幼馴染《アイリ》に捨てられた時、人生の目標を失ってた」

「う、うん……」

ユージンくんの悲しい昔話を聞きながら、私はぎこちなくうなずく。彼は私の目を正面から見つめた。

「親父の……、いやうちの家系の代々の家訓があってさ。『聖《サンタ》原《フィールド》家は、自分のために剣を振るうな。人のために剣を振るえ』って」

「そう……なんだ」

「だからさっき思ったんだ。俺は主君を失ったけど……だったら泣いてる子のために剣を振るおうって」

「…………」

泣いてる子？

ユージンくんの視線の先にあるのは、私の顔だった。

涙で、ぐしゃぐちゃに濡《ぬ》れている私の顔。

みっともなく、八つ当たりをして泣いてる子供みたいな。私は慌てて、涙をぬぐった。

「だから俺がスミレを五百階層に連れて行くよ。そうすれば、スミレは元の世界に戻れる……かもしれないだろ？」

ユージンくんが微笑《ほほえ》む。

その目は一片の曇りもなくて、心の底から言ってくれているのだとわかった。

「あ……」

ありがとう、と言おうとして思いとどまった。

ユージンくんは優しい。だから、つい甘えたくなる。でも本当にいいの？

さっきみたいに私は隠れて戦いはユージンくんに任せるの？

ユージンくんだけ、こんなにボロボロになって……。

私は震えているだけ？　駄目だ。それは絶対に駄目。

「ユージンくん！　一、緒に五百階層に行こう。私も協力するから！」

「スミレ？」

ガシッと、彼の手を握り力強く言った。

「私も強くなるよ！　学園長の話だと、炎の神人族《イフリート》って凄く強いらしいんだよ！　私も修行して強くなる！　私たちが組めばきっと行けるよ！　ユージンくんを五百階層に連れていって、あの石碑の記録を更新しよう！」

凄く早口でまくし立ててしまった。

ユージンくんが驚いた顔をした後、ふっと笑った。

「そうだよな。俺は白魔力《マナ》しか持っていない『攻撃力ゼロの剣士』だし。スミレの赤魔力《マナ》を借りなきゃ、五百階層なんて夢のまた夢だな」

「べ、別にそういう意味じゃっ!?」

私は慌てて首を横にふる。

ユージンくんは、ゆっくり右手を差し出してきた。

「スミレ。俺の『相棒《パートナー》』になってくれ。そして一緒に五百階層を目指そう」

ユージンくんがそんなことを言った。

（相棒……いいんじゃない？）

頼って頼られて、力を合わせて、困難に立ち向かう相棒。

「うん！　一緒に行こう！」

私とユージンくんは笑顔で握手した。


――こうして、私たちは五百年間不動の記録に挑む、探索者コンビになった。

◇ユージンの視点◇

スミレと五百階層を目指す誓いを立てた時。

「おーい、ユージンー！」

俺を呼ぶ声がした。迷宮昇降機《ダンジョンエレベーター》の扉から、誰かがやってくる。

顔馴染の迷宮職員《ダンジョンスタッフ》のおっちゃんだ。

よかった。思ったより早く来てくれた。

他の迷宮職員《ダンジョンスタッフ》さんたちの姿も見える。緊急事態に駆けつけてくれたのだろう。

「おっちゃん！　来てくれたのか」

「いやぁ、大変なことになったなぁ」

「本当だよ……」

何度、死ぬかと思ったことか。

「ほら！　この回復飲料《ヒールドリンク》を飲め。酷《ひど》い顔をしてるぞ！」

「あぁ、ありがとう」

俺はおっちゃんから受け取った飲み物を一気に飲み干した。

やや甘ったるく、それが身体《からだ》に染み渡るようだ。

……朦朧《もうろう》としていた意識が、徐々にはっきりとしてきた。

「おじょうちゃんもいるかい？」

「いえ……、私は隠れていただけなので大丈夫ですー」

おっちゃんはスミレにも回復飲料を勧めたが、断られた。

もしかすると、どぎつい緑色の見た目に引いたのかもしれない。味は悪くないんだけどな。

他の迷宮職員《ダンジョンスタッフ》さんたちは、冥府の番犬が暴れた跡を見回っている。

そして体術部メンバーの死体を見回っている。

「あー、あー。随分と派手にやられたもんだなぁー」

「こりゃ、欠損した身体の一部を探すのも一苦労だぞ……」

「今日は一日、死体の回収作業だな」

「残業代を請求しなきゃな」

他の迷宮職員《ダンジョンスタッフ》さんたちが、口々にそんなことを言った。

「なっ！　そんな言い方っ！」

スミレが憤った声を上げるが、彼らにとっては日常的な光景だ。

ここまでの惨事はあまりないと思うが。

「スミレ、落ち着け。おっちゃん、この子からお願いできるか？　レオナって言う俺たちの友達なんだ」

「わかった、この子からだな」

おっちゃんは、レオナの遺体に近づくと瓶を取り出し、一滴の雫《しずく》を垂らした。

その雫は虹色に輝いており、レオナの遺体が光に包まれた。

――そして、次の瞬間レオナの身体が元通りになり、ぱちっと目を覚ました。

「…………へ？」

スミレが素っ頓狂な声を上げる。

レオナは視点が定まっていないのか、瞬《まばた》きを繰り返す。

そして、ふらふらと上半身だけ起き上がった。

「……んー？…………スミレちゃんとユージンさん……あとは迷宮職員《ダンジョンスタッフ》さん？」

レオナが俺たちを寝ぼけたような目で見つめる。

「レオナ。気分はどうだ？」

「……なんか、すっごい理不尽な目にあった記憶が……」

「あんまり思い出そうとするなよ。自分が死んだ記憶なんて、無いほうが」

「死んだ…………あ——っ!!　思い出した！　ねぇ、聞いてよ！」

「どうしたんだ？」

生き返った直後のわりにレオナのテンションが高い。

「私って冥府の番犬に殺されたでしょ!?　で、冥府に行ってたんだけど、しばらくふらふらしてたら冥府の番犬が戻ってきたのよ！　冥府に！」

「まぁ、そりゃ、ケルベロスは冥府が住処《すみか》だからなぁ」

そうか。ケルベロスに殺されると、冥府で再会することになるのか。それはちょっと、嫌だなぁ。

「なんか申し訳無さそうな顔をしてたけど、だったら殺すなっての！…………って、わっ！、探索服がボロボロ。これ結構高かったのに～」

レオナが自分の服装を見て、顔をしかめている。

「なななななな…………」

スミレが何か言いたそうにして、言葉になっていない。

「スミレ？」

「スミレちゃん、どうしたの？」

俺とレオナが顔を覗《のぞ》き込むと、次の瞬間絶叫した。

「どうなってんの――――――！！！！」

あ、そうだ。魔王と契約した後遺症で頭が働いてなかった。

肝心なこと、説明してなかったわ。

◇

「えっと、さっき迷宮職員《ダンジョンスタッフ》さんが使ったのが『復活の雫』っていう魔道具《マジックアイテム》で。百階層以下の最終迷宮《ラストダンジョン》で死んだ探索者は、二十四時間以内なら生き返ることができるってこと
……？」

「ごめん、スミレ。説明してなかったよ」

学園で習う基礎的な知識だけど、こんなにすぐ必要になると思っていなかった。

そのうち授業で習うはずと思い、俺はあえて低層階の探索前には説明していなかった。

そもそも今回の探索で階層主と戦う予定すらなかったからなぁ。

まさか『神獣』が出るなんて思いもしなかったし。

「じゃあ、私たちが死んじゃっても大丈夫だったってこと？」

スミレが微妙な顔をする。怯《おび》えて損をした、と思っているのかもしれない。

「んー、でも『天頂の塔《バベル》』で死んだ場合の罰《ペナルティ》ってのがあってさ」

「ペナルティ……？」

『復活の雫』は、死者を復活させることはできるが、その対象者には『後遺症』が残る場合がある。

「スミレちゃん。『復活の雫』を使われると記憶が欠落したり、運が悪いと身体が欠損したりするの」

「えええっ!?」

スミレが大声を上げて驚く。そう……、決して『復活の雫』は万能の魔道具《マジックアイテム》ではない。

あくまで『命を救う』ことを優先したアイテムだ。

「まぁ、今回の私は特にそんなことは無かったみたいだけど……」

レオナが、くるっとその場で回転して自分の身体を確認する。

「それから身体にも不調が残るんだよな？」

「そうそう……、実はさっきから身体がすっごく重い……」

レオナが、しんどそうにしている。

「そ、そうなんだね……」

スミレが真剣な顔に戻る。

「あと、これはとても重要だから絶対に覚えてほしいのが……魔物に喰われると、生き返らない」

「…………！」

スミレの顔が、さっと青ざめた。

さっきの状況が、決して楽観できるものではないことを再認識してもらえたようだ。

「それは相手が神獣でも同じだ。もっとも、今回のケルベロスが捕食したのはゴブリンたちだけで、人間は食べなかったようだけど……」

途中で聞こえてきた捕食音も、ゴブリンを喰《く》っていただけのようだ。

見たところ神獣ケルベロスは、人間を食べていないようだ。なんでだろう？

（ケルベロスちゃんは誇り高い神獣だもの。勇敢な挑戦者を食い散らかしたりしないわよ）

頭の中に魔王《エリー》の声が響く。

（エリー。そうなのか？）

（そうよー。だけど久しぶりの『神の試練《デウスディシプリン》』に召喚されたから張り切っちゃったみたいね。

まさか二十階層で呼ばれたとは思わなかったみたいだけど)

(……なぁ、エリー。今回どうして二十階層に『神獣』が召喚されたんだ?)

(さぁ? 不思議よね)

(何か知ってるのか?)

(わかるわけないでしょ。私は魔法学園の地下深くに『封印』されてるのよ?)

(…………そうか)

エリーの口調から、本当のことを言っているのかはわからなかった。

……あとで、改めて話に行くか。

どのみち魔王とは話さないといけないことが多くある。

特に——『契約の代償』について。魔王との契約だ。軽いはずがない。

契約したことは後悔していないが、やや気が重い。

一体、何を支払わされるのか。

(私の可愛《かわい》いユージン、神獣《ケルベロス》ちゃんとの戦いお疲れ様☆ 会いに来てくれるの待ってるわよ♡)

俺の心情を知ってか知らずか、それだけ言ってエリーからの念話は途絶えた。

「ユージンくん? どうしたの、ぼーっとして」

「あ、あぁ。なんでも無いよ、スミレ。少し疲れたんだ」

心配そうな顔をするスミレに、笑顔を向ける。

少し離れた場所で、復活したレオナと迷宮職員《ダンジョンスタッフ》のおっちゃんが話している。

「君は部隊の隊長さんだね？　これから他の探索者も『復活』させるから、メンバーに漏れがないか一緒に確認してもらえるかな？」

「……はい、わかりました」

「あと、『復活の雫』の代金はこちらで立て替えるけど、後日学園に請求がいく。『復活の雫』の代金は、原則『自己負担』だからね。知ってると思うけど」

「は、はい……。ちなみに現在の『復活の雫』の相場って……？」

「…………」

「……あの？」

ここで迷宮職員《ダンジョンスタッフ》のおっちゃんが渋い顔をする。

「……三百万Gだ」

「えええええっ！　通常価格の三倍以上!?　なんでそんなことに！」

レオナの悲鳴があがる。

「最近、『復活の雫』の在庫を大量に消費する事情があってな。価格が高騰してるんだ」

「そ、それじゃあ……私たちの部隊全員を復活させた合計金額は……？」

レオナの声が震えている。

……確か体術部の三軍って二十名以上いたよな？

「まとめての購入だから多少の値引き交渉はできると思うが……、おそらく五千万G以上はかかると思う」

とんでもない金額になっている。

「…………は、はは。終わった……私の学園生活……、これから借金漬け……お、おしまいだわ……」

「れ、レオナさん！　レオナさんがメンバー全員の借金を肩代わりするわけじゃないんでしょ？」

話を聞いていたスミレが、心配になったのかレオナに駆け寄る。

「駄目なの……、こういう時には隊長が責任を取るのが決まりなの。それに今回の探索は私が企画したものだし……。あー、もう無理ー。終わったー。私の青春がオワッタ－」

「れ、レオナさーん!!」

遠い目をして「アハハハ……」と乾いた笑いを続けるレオナの側《そば》に、スミレがおろおろと立っている。

今回の件はどう考えても理不尽だし、何か力になってあげたいけど……。

俺だって何千万Gのお金なんて持って無いからな。

その時だった。

「大変だ！！！　おい、これを見ろ！」

その時、別の迷宮職員《ダンジョンスタッフ》が大きな声を上げた。何だ何だと人が集まっている。

(何かあったのか……？)

と思っていると、すぐに理由は判明した。

慌てた様子の迷宮職員《ダンジョンスタッフ》が、こっちに走ってきた。

どうやら服装からして上級職員のようだ。

「なぁ！　あの冥府の番犬《ケルベロス》の首を落としたのは君だろう!!」

「はい、そうですね」

上級職員が指差すほうには、俺が斬り落としたケルベロスの首が転がっていた。

あっちは召喚で戻らなかったんだな。あまり気にしてなかった。

というか、気にする余裕がなかった。

「凄《すご》いぞ！　神獣の首が持ち帰れるなんて！」

「ああ！　素材にすれば一体、いくらになるか！」

「間違いなく一億は下らないな!!」

「いやいや、それどころかケルベロスの首を剝製にして飾りたい大貴族なんていくらでもいるぞ。オークションにかければどこまで値上がりするか想像もつかん！」

そんな会話が聞こえてきた。

（神獣の首をそんな風に使ってもいいんだろうか……？）

少し心配だが、問題があればきっと『天使の声《アナウンス》』が注意するだろう。

いや、でもな。二十階層で『神の試練《デウスディシプリン》』とか始めてしまう天使の声だし……。

案外、いい加減なのかもしれない。

うーむと、悩んでいると、上級職員さんに話しかけられた。

「ユージンさん。あの神獣の首は君の獲物だ。勿論《もちろん》持ち帰ってくれて構わない。だが、もし我々『迷宮組合《ダンジョンユニオン》』に任せてもらえるなら、可能な限り高額で換金をしようと思う。勿論、手数料はいただくが学生の君が取引をするよりも、我々のほうが有利に交渉できるはずだ」

上級職員さんが真剣な顔で、俺に提案してきた。

どうやら神獣の首を使った取引を任されることは、相当重要なことらしい。

組合《ユニオン》の上長からの指示なのかもしれない。

「俺は素人なんでお任せします」

「そうか！　ありがとう、ユージンさん！」

上級職員さんは、ぱっと笑顔になりケルベロスの首の周りにいる職員たちに指示を出す。

「探索者からの了承が得られた！　すぐに『収納魔道具《マジックアイテム》』に保管！　組合《ユニオン》倉庫に移動するんだ！　いいな！」

「「「はい！！！」」」

あっという間に、ケルベロスの首は運ばれていった。

ここでふと気づく。

「あの、一個お願いがあるんですが」

上級職員さんに話しかけた。

「なんでしょう？　ユージンさん。可能な限りの希望に応えますよ」

「今回の二十階層で使った『復活の雫《しずく》』の代金は、ケルベロスの首の代金から差し引いておいてください」

「……おや、ユージンさんは彼らとは正式なパーティーではなかったはずですが」

「いいんです。護衛を頼まれたんですが、守れなかったので」

「そうですか。わかりました。おそらく『復活の雫』の代金を差し引いても、十分な利益が残ると思います。のちほど明細をお伝えしますね」

「ええ、よろしくお願いします」

俺たちの会話が、彼女たちにも聞こえたのだろう。

「ゆ、ユージンさん!?　ちょっと、待って!!」

「ユージンくん！」

レオナが焦った顔で、スミレが笑顔で駆け寄ってきた。

「そこまでしてもらうわけにはいかないわ！」

「でも、本来なら同行した結界士《おれ》が体術部の盾になるはずだったからさ。これでチャラってことで」

「全然、釣り合ってないから！」

「どうしても気になるなら、ぼちぼち返済してくれたらいいよ。無利子、無担保、無期限。ある時払いの催促無しでいいから」

「ゆ、ユージンさん……」

レオナがなんとも言えない顔になる。

「おいおい、ユージン。適当過ぎないか？」

俺の言葉に、迷宮職員《ダンジョンスタッフ》のおっちゃんが呆《あき》れた声で言った。

「いいんだって。むしろ使い道の無い大金なんてあっても困るだけだから」

「ユージンくん、素敵!!」

俺がおっちゃんに返事をすると、スミレが抱きついてきた。

スミレは感情表現が、とにかくストレートだな。

「やれやれ、私は仕事に戻るよ」

おっちゃんは他の迷宮職員《ダンジョンスタッフ》たちと、二十階層の確認に向かうようだ。

ちなみに、スミレはくっついたままだ。

俺は、ぼーっと突っ立っているレオナに話しかけた。

「金のことなら気にしなくていいから。とりあえず、隊長として他にもやることが多いだろ。あとは、しばらく休んでおけよ」

と伝えた。

「はぁ……、スミレちゃんが居なかったら危うく惚《ほ》れるところだったわ。この御礼《おれい》はまた今度するから。あと、お金はちゃんと返しますからね!!」

そう言ってレオナは、迷宮職員《ダンジョンスタッフ》たちのほうへと向かっていった。

残りの部員たちが全員、復活しているか確認するためだろう。

「じゃ、そろそろ俺たちも帰ろう」

俺に抱きついたままのスミレの頭をぽんぽんと合図する。

「はーい」

スミレが名残惜しそうに離れた。迷宮昇降機《ダンジョンエレベーター》の前にやってきた。

はぁ……、やっと帰れる。

これは、スミレにとって初めての探索だったはずだ。

終わってみると、とんでもない探索だった。

（……だけど得たものは大きい）

ちらっと、俺は隣を見た。

するとスミレがじぃー、っと大きな瞳でこちらを見つめている。

……ドキッとした。

「えへへ……」

へらへらと笑う顔に、何とも言えない愛《いと》しさを感じた。

一瞬、スミレを抱きしめたくなりその邪念を振り払った。

「これからもよろしくな、相棒《スミレ》」

「うん、よろしくね、ユージンくん」

俺たちは笑い合い、迷宮昇降機《ダンジョンエレベーター》に乗り込む。

――こうして、俺たちの最終迷宮《ラストダンジョン》『天頂の塔《バベル》』への挑戦は始まった。

閑話二／帝国より

◇グレンフレア帝国◇

——帝都の中央に位置するエインヘヤル宮殿。

南の大陸における最大規模の人工の建造物であり、帝国繁栄の象徴と言われている。

宮殿の正面奥にあるのは皇帝との『謁見の広間』。その前にある大きな扉から一人の高貴な女騎士が出てきた。胸に輝くのは、黄金の天馬《ペガサス》の紋章。

帝国において、最高位の騎士『天騎士』であることを示す証《あかし》だ。


——アイリ・アレウス・グレンフレア皇女。


さきほど帝国の属国領地で起きた小さな反乱を鎮圧してきたことを父——皇帝陛下に報告してきたところだ。

（本当に父上ってば娘使いが荒いんだから！）

アイリは嘆息する。

「俺は有能な者を休ませるつもりはないからな？　よくやったアイリ。あとで褒美をとらせよう」

年齢よりもずいぶん若く見られる皇帝陛下《ちちうえ》からのありがたい御言葉《おことば》だ。

評価をしてもらっているのは間違いない。皇帝を目指すアイリとしては、必要なことだ。

しかし、とにかく忙しい。

（明日はゆっくり休も……）

部下たちの反乱鎮圧の手際は、見事だった。彼らにも十分に休養を取らせよう。

そんなことを考えながら、宮殿内をまっすぐ伸びる広い回廊を進む。

すれ違うのは諸侯の貴族や上級騎士たち。皆が、アイリを見ている。

「見ろよ、アイリ皇女殿下だ」

「いつみても凛々《りり》しくお美しい」

「恋人のベルトルド将軍と共に、次期皇帝の座を窺《うかが》われているとか」

「七番目の帝位継承者なれど、その『才《アビリティ》』は随一だからな」

「ああ！　アイリ様が皇帝になれば帝国も安泰だ！」

そのような声が囁《ささや》かれる。

（聞こえてるっての……。もっと声を潜めなさいよ）

だが、いちいち指摘はしない。キリがないからだ。アイリにとってはただの日常。

（まったく皇族の宿命とは言え、どこに行っても注目されるのは……）

未《いま》だに慣れない。

皇帝陛下《ちちうえ》くらいになると、「小鳥のさえずりをいちいち気にするのか？」などと言っていた。あそこまでの図太さは、まだない。

（あいつが居たらなぁ……）

思い出すのは幼馴染《おさななじみ》の存在。

隣に彼が居た時は、もっと心穏やかに過ごせていた気がする。

だけど、それはないものねだりだ。

アイリは、雑音を気にしないように早足で宮殿の出口へ向かった。

その時、気になる言葉が聞こえてきた。

「おい、聞いたか。最終迷宮《ラストダンジョン》の『試練の獣《ディシプリンビースト》』を単独《ソロ》で突破したやつがいるらしいぞ！」

「へぇ！　そりゃあ、一体どこのどいつだ。神聖同盟の神聖騎士《ホーリーナイト》か？　それとも蒼海連邦《そうかい》の竜騎士《ドラゴンナイト》あたりか？」

「それが帝国民の剣士だってよ」

「ほう！　そいつは素晴らしいな！」

「一体『試練の獣《ディシプリンビースト》』を倒したのってどこの誰だ？　有名なやつか？」

「帝国民で探索者になるなんて変わり者、名声を求めた名もなき平民だろ？」

「それが驚け、あの『サンタフィールド家』の子息だ」

「例の『白魔力《マナ》』だけって噂《うわさ》のあいつか？」

「そうそう、帝国軍士官学校で首席を取りながらリュケイオン魔法学園に留学した変わり者だよ」

「『結界魔法』か『回復魔法』を極めれば、帝国随一の使い手になるとも噂されてたらしいのにもったいないと、言われていたよな」

「まぁ、本人は剣士になりたがっていたからなぁ」

「親父殿《おやじ》が帝国の誇る『帝の剣《インペリアルソード》』だぞ。そりゃ同じ道を進みたかったのだろう」

「だが、『試練の獣《ディシプリンビースト》』を倒したとなれば立派な実績だ。これで親父殿も一安心だろう」

「違いない」

その会話を耳にした時、皇女アイリは立ち話をしている騎士たちにつかつかと近づいた。

「今の話、詳しく聞かせなさい」

「「あ、アイリ様！」」

騎士たちは、姿勢を正し皇女に敬礼した。

◇帝国軍　諜報部《ちょうほうぶ》◇

「邪魔するわ」

「これはこれはアイリ皇女殿下。いかがなされました？」

アイリが訪れたのは、大陸中の情報を探る帝国軍・諜報部の部屋。

室内では諜報員たちが、慌ただしく業務をしている。棚にある書類は全て機密情報のため、部屋に入ることができる人間は限られているが、皇女であるアイリは入室可能だ。

「最終迷宮《ラストダンジョン》で、何か事件はあったかしら？」

アイリの質問に、部屋の中央に座っている男の眉がぴくりと動いた。

彼は諜報部の責任者を務める者だった。

「噂を耳にされましたか。皇女殿下の幼馴染殿は迷宮《ダンジョン》都市で名を上げようと頑張られていますよ」

「映像を見たいわ」

「どうぞ、こちらへ」

諜報部では、二十四時間最終迷宮《ラストダンジョン》の中継装置《サテライトシステム》から送られる探索映像を記録魔法で保持している。

もし優秀な探索者がいれば、すぐに帝国軍へ声掛け《スカウト》するためだ。

そのため迷宮《ダンジョン》都市に派遣している帝国軍所属の探索者とは、密にやり取りをしている。

映像には、天頂の塔《バベル》の二十階層の様子が映し出された。

最初、ユージンは巨大な三つ頭の怪物――冥府の番犬《ケルベロス》から逃げるのみだった。

同行者の女の子を抱え、大樹の空洞に逃げ込む姿は少々見苦しいものだった。

その後、冥府の番犬《ケルベロス》にたった一人で立ち向かうユージンの姿が映っていた。

赤い炎刃を携え、冥府の番犬《ケルベロス》に挑む姿は勇ましい。

そして、アイリには気になる点があった。

「あの魔法剣は……？」

ユージンは『白魔力《マナ》』以外は使えないはず。アイリはそれをはっきりと目撃している。

しかしユージンの持つ剣は、煌々《こうこう》と赤く輝いている。

「おそらく同行者である『スミレ』という少女の魔力《マナ》でしょう。どうやら彼女は、炎の神人族《イフリート》の肉体へ転生したようです。十階層にて、同様の魔法剣で階層主《ボス》を撃破しています」

諜報部の長が、アイリへ補足する。

――炎の神人族《イフリート》の転生者。

そのような者がいることを、アイリは初めて知った。

その後、一度は劣勢になったが、最後には冥府の番犬を撃退した。見事な一撃だった。

（弐天円鳴流の奥義『麒麟《きりん》』……）

懐かしい。共に剣を学んだが、アイリは結局ユージンの域には達しなかった。

皇女であるアイリには、剣以外にも学ぶことが多かったのも理由のひとつだが、やはりユージンの剣の腕は帝国軍士官学校の同級生の中で、際立っていた。

その腕は魔法学園に留学しても鈍っていないようだ。そして、気になったのが。

「最後の魔法剣は何かしら？　一見するとただの『黒魔力《マナ》』の魔法剣のように見えるけど……」

「仮にも『神獣』の首を落とした魔法剣です。何かしらの秘密があるとみて、調査をしています。おそらくは迷宮《ダンジョン》都市のユーサー王が関与しているものと思われますが……。かの王は秘密主義者ですからなぁ」

諜報部の男は、困った顔でひげを撫《な》でている。

アイリは少し考える仕草をして口を開いた。

「帝国軍の諜報部として、さっきの戦いについて意見はある？」

アイリは、諜報部の長に問いかけた。

「素晴らしい、とコメントします。ただし、今回の『試練の獣《ディシプリンビースト》』は百階層でなくイレギュラーな登場でした。純粋に百階層を突破したとは言えないですが、彼ならいずれ自力で百階層を突破するでしょう」

「……そう」

アイリの声は穏やかだった。

画面内では、ユージンと転生者の女の子が何か会話している。

「では映像を切りますね」

「ちょっと待って。彼らの会話は拾える？」

「ええ、できますよ」

映像内の音量が上がる。

映像内では、泣きじゃくる少女——炎の神人族《イフリート》の女の子を、ユージンが慰めている。

そして、泣きやんだ少女は笑顔に変わった。

——スミレ。俺の『相棒《パートナー》』になってくれ。そして一緒に五百階層へ行こう！

——うん！　一緒に行こう！

ユージンと炎の神人族《イフリート》の女の子が握手をした。

アイリはその様子を眺めていた。

「五百階層とは大きく出ましたな、ユージン殿。もしそれを達すれば、帝国史に輝く偉業となりましょう」

ほっほっほ、と諜報部の長は笑っている。

ユージンの言葉を現実的とは考えていないようだ。

画面の中では、その後神獣ケルベロスに殺された者たちが、『復活の雫《しずく》』で復活している。

そして、転生者の少女はそれに大げさな様子で驚いていた。

画面内ではがやがやと、探索者たちが騒いでいる。

『復活の雫』の代金が幾らとか、借金がどうなど、皇女殿下に有益な情報とは思えない。

諜報部の長は「そろそろ映像を切りましょうか？」と言おうとしてやめた。

アイリ皇女殿下の表情が、あまりに真剣だったからだ。

(久しぶりの幼馴染殿の元気な姿を見て、安心したのかもしれませんな)

諜報部の長は、そう思った。

皇女アイリは、『天頂の塔《バベル》』二十階層の映像をじっと見つめ続けていた。

エピローグ／魔王との出会い　その二

「へぇ～、幼馴染《おさなじみ》に振られて学園に来たんだ？　大変だったのね～、少年」

魔王エリーニュスは、ドレスの胸元を少し開けて、葡萄酒《ワイン》をラッパ飲みしている。

これで五本目だ。スカートのスリットからのぞかせる、白い太ももが艶《なま》めかしい。

魔王の前には、分厚いステーキやハム、その他豪勢な食事が並んでいる。

学園長の手土産を持って、第七の封印牢《ろう》に入ったのだが「少年！　パンとワインだけじゃ全然足りないんだけど!!」と魔王に怒られ、俺は何度か檻《おり》の中へ往復するはめになった。

「ほら、少年も飲みなさいよ。私の勧めるお酒が飲めないっての!?」

「い、いただきます」

一応、帝国民としては成人しているため飲酒は問題ない。

しかし、初めて一緒に飲む相手が魔王だとは思わなかった……。

ぐいっとワイングラスを呷《あお》ると、喉が熱くなった。

「おおー、イケる口ね～。ほら、じゃんじゃん飲みなさいー」

とぽとぽと、葡萄酒を注《つ》がれる。それにしても魔王は上機嫌だ。

これなら魔王の機嫌をとるという任務は成功だろう。

ただ、いつになったら解放されるのかがわからない。

魔王との酒宴は、まだまだ続きそうだ。

俺はふと、昔に親父《おやじ》とした会話を思い出した。


——ユージン、今日は帝国のお偉方との会合だから遅くなる。まったく面倒だ。

——それって、絶対に参加しないといけないの？

——大人の付き合いってやつだな。ユージンもそのうちわかる。

——ふーん。大変そうだな、大人は。


当時はピンとこなかったが、大変そうだと思う反面、そういう大人のしがらみを少し羨ましく思ったのを覚えている。

「それにしても、君やるわね。普通はこんな間近で魔王《わたし》と一緒にいると瘴気《しょうき》で気を失うか、体調を崩すもんだけど……なんともないの？」

「学園長に言われましたけど、特に何も。一応結界魔法が使えるので」

「へぇ～」

魔王エリーニュスが俺を興味深そうに、じろじろと見つめる。見つめるだけじゃなく、髪や頬をぺしぺしと触ってきた。その手は柔らかく、温かい。

しばらく俺を撫で回し、気が済んだのか再び雑談に戻った。

「ねぇー、それから幼馴染ちゃんとは連絡とってないの？　おねーさんが、聞いてあげるから、全部言いなさいよ。ほれほれ」

ニヤニヤしたエリーニュスが絡んでくる。確かにこれは面倒だな。

「学校を辞める前に、距離を置こうって言われて、それから会ってませんよ。手紙とかも届きませんし……、俺のことなんて忘れてるんでしょうね……」

俺はアイリのことを口に出してまた落ちこんだ。

帝国から遠く離れた学園なら、少しは気が紛れるかと思ったが、まだ無理なようだ。

「あら可愛《かわい》い。そんな顔しちゃって……、ほら慰めてあげる☆」

「えっ……ちょっと」

ぐいっと魔王エリーニュスに引き寄せられ、俺は顔を彼女の胸に埋《うず》めることになった。

魔王の肌は、信じられないくらいに滑らかで柔らかかった。

「ふふふ……、可愛い少年。おねーさんの胸で泣いていいのよ」

「あの……、少年じゃなくてユージンです」

魔王エリーニュスに、抱き寄せられ頭を撫でられながらもなんとかそう言った。

『少年』という呼び名が、子供扱いされているようで癪《しゃく》だった。

「知ってるわ。さっき聞いてたもの。ユージン……、きっと将来いい男になるわ」

魔王は目を細め、妖しく笑う。それが恐ろしく絵になっていた。

「ふふふ……、少年ではないユージンくんは女のことはどれくらい知ってるのかしら？その幼馴染の女の子とはどれくらいの仲だったの？」

魔王エリーニュスの長い指が、俺の頬を撫で、唇を優しくつまんだ。

その仕草にどきりとする。

「別に……なにもなかったですよ」

アイリとは、恋人っぽいことは何もしていない。

ただ、真面目に士官学校の成績をあげるために、勉強と訓練に明け暮れていた。

……今思えば、少しくらいは……という後悔がある。

「え？　キスもしてないの？」

魔王がきょとんとした顔で、俺の顔を覗《のぞ》きこむ。

「そーだよ！　何回も言わせ……」

過去のことを思い出し、ついイライラした口調になったが、俺の言葉は途中で遮られた。

（…………え？）

気がつくと、俺は魔王エリーニュスに唇を奪われていた。

あっけにとられたまま、時間が過ぎる。

俺が夢心地でいると、やがて魔王は唇を離した。

ニヤニヤした魔王エリーニュスが、ぺろりと唇を舐《な》めながら言った。

「初めてのキス、どうだった？」

「…………な、な、な、……なにを……？」

「あら、可愛い反応♡　本当に初めてだったのね。もう一回しよっと☆」

エリーニュスの顔が近づいてくる。俺は慌てて距離を取ろうとして、知らぬ間に腕を掴《つか》まれ押し倒された。とんでもない早業だった。

「あ、あの……」

「大丈夫、おねーさんに任せて、任せておけばいいから」

「ま、任せる？」

一体、何を言ってるんだ？

魔王の言葉の予想がつかない。ただ、とてつもない何かが起きる気がして、胸は早鐘のように打っている。

「へぇ……、軍の学校に在籍してただけあって、身体《からだ》は鍛えてるわね」

「え……、お、おい！」

いつの間にか、上着のボタンが外されていた。しかし、押さえつけられた身体は動かない。

「幼馴染に振らえて、寂しかったんでしょ？　忘れさせてあげるわよ」

耳元で囁《ささや》かれ、美声がぞわりと背中を通り抜けた。そして、再び口を口で塞がれる。

もう俺は抵抗しなくなっていた。

身体を魔王の指が這《は》う。初めて会ったにもかかわらず、的確に刺激してきた。

「光栄に思いなさい。私をエリーと呼ぶことを許すわ」

「…………エリー」

口を開くのがやっとだった。

はらりと、魔王は着ているドレスのような服を脱いだ。

その身体の美しさに、息が止まりそうになる。

ゆっくりと、エリーの身体が俺の上に寄りかかる。

「天国を見させてあげる♡」

もしかするとこの時、俺は完全に幼馴染のことが頭から消えていたかもしれない。

——こうして俺は、魔王エリーニュスに身体《はじめて》を捧《ささ》げることになってしまった。

番外編／ユージンは、部長と語る

◇一年前◇

「お手柄だ！　ユージンくん！　よくぞあの魔王の機嫌を直してくれた！」

エリーと一夜を明かした俺は、その後に学園長から大いに褒められた。

ついでに、学費は一年と言わず、卒業までずっとタダらしい。

「しかし、魔王エリーニュスから定期的にユージンくんと会わせるように要求があってな……。相当気に入られたようだが、どうやったのだ？　よければ教えてくれないか？」

「さ、さぁ……どうしてでしょうね？」

俺はぎこちなく答えた。

「ふむ……気になる所だが、それはのちのち聞こう。今日は疲れただろう。ゆっくりと寮で休みたまえ。それから時間のある時でよいのだが、ユージンくんと会って欲しい生徒が居るのだ。私の紹介状を渡しておくので、好きなタイミングで会いに行って欲しい」

「はぁ……、わかりました」

ぽんと、肩を学園長に叩《たた》かれ、俺は大人しくうなずいた。

◇

翌日。俺は学園の裏手にある巨大な円形の建物の前にやってきた。

扉には『生物部・第六の封印牢』と書かれてある。

ちなみに、魔王が居たのが『第七の封印牢』である。

俺は学園長からもらった紹介状に添えてあるメモに、もう一度目を通した。

◇メモ◇
リュケイオン魔法学園の第一から第七の封印牢は、学園長《わたし》が顧問をしている生物部が管理をしている。

今後のことを考え、ユージンくんにも生物部に所属してもらいたい。そのために部長に入部の旨を伝えて欲しい。この紹介状は、そのためのものだ。

部長の名前は『メディア』くんだ。

彼女は、第六の封印牢内にある生物部の部室棟に住んでいる。

では、よろしく。


ユーサー・メリクリウス・ペンドラゴン学園長

俺は紹介状から視線を上げ、ため息を吐《つ》いた。

「どこにあるんだ？　その部室は？」

第六の封印牢《ろう》の中は、密林だった。地面はぬかるみ、足場と視界が悪い。

………グルルル

遠くで何か巨大な生き物の唸《うな》り声《ごえ》が聞こえる。生物部で飼っている生き物だろう。

（そういえば第六の封印牢って、何を飼ってるんだ？）

学園長は詳しく教えてくれなかった。

「まぁ、ユージンくんなら大丈夫だろう。なんせ『禁忌』の第七牢に入って平気だったからな！　はっはっはっは！」

と笑っていた。きちんと聞いておくべきだったと後悔したが、あとの祭りだ。

（気配を消しておこう）

俺は結界魔法を用いて、気配を殺しつつ広大な第六牢の奥へと進んだ。学園長の紹介状には、簡単な地図が書いてあった。第六牢の中にある部室の場所を示す地図だ。

（なんで学園内の建物の中で、地図が必要なんだ……）

改めてこの学園は規格外過ぎる。帝国軍士官学校も広かったが、こっちの学園は桁が違う。

ドスン！！！　とすぐ近くに大きな生き物が現れた。

近づいてくる気配は感じなかった。空から降りてきたためだ。

（おいおい……）

俺は近くの木の陰に身を潜めながら、息を殺す。

……フシュルシュルシュルシュル
槍《やり》数本分の距離に、巨大な竜《ドラゴン》が居た。俺はゆっくりとその場から離れた。

しばらく歩くと、建物内にもかかわらず湖ほどもある人工池があった。

その池を親子の水竜が仲良く泳いでいる。

池の畔《ほとり》で、巨大な地竜が日向《ひなた》ぼっこをしていた。建物内に、太陽の光が入ってくるような仕組みになっているらしい。……ここで、さすがの俺も気づいた。

（第六牢は竜の巣かよ!!）

それくらい事前に教えてくれ！　俺はいい加減な学園長を恨んだ。

◇

（や、やっと……たどり着いた……）

ようやく部室棟らしき建物が見えた時、俺はへとへとに疲弊していた。

第六牢の中には、竜がひしめき合っていた。

様々な竜種が居たが、奇妙なことにどの竜も縄張り争いをしていなかった。

竜は本来、近くに異なる竜が居ることを嫌うはずなのに。

もっとも大人しいわけでなく、餌であろう小型の魔物たちが竜の牙や爪によって引き裂かれ、喰《く》われていた様子を見かけた。俺も見つかれば襲われていただろう。

俺はレンガづくりの小さな一軒家に近づいた。気になったのは、結界も張られていないにもかかわらず、どの竜もその一軒家には近づいていなかったことだ。

(何かの罠《わな》が仕掛けられて無いよな……？)

近づいたら強力な罠魔法が発動する、なんてことになったら流石《さすが》に学園長に生物部の入部はしないと伝えよう、と決意していたが幸いにも何も起こらなかった。

俺は一軒家の扉の前に立った。

(……これは)

そこに立って初めて気づく。この家の中に、とてつもない力を持つ何者かがいる。

竜たちがこの家に近づかない理由がわかった。

近づけないのだ。恐ろしくて。

(この中にいるのは本当に人間なのか？)

威圧感だけなら、第七の封印牢で出会った神話生物たちと大差無いと感じた。

……コンコン

俺は恐る恐る、ドアをノックした。

「…………ユーサー先生？　今回の来訪はいつもより早いね」

返ってきたのは、意外に可愛《かわい》らしい声だった。

「ユージンと言います。生物部に新たに入部することになりましたので、挨拶に来ました」

「……………………ん？」

俺が名前と来訪の目的を告げると、中から戸惑うような気配がした。

「………一人で来たのかい？」

「ええ、大変でした」

「いや、大変というか……竜たちに襲われただろう？」

「気配を消して、こっそり来ました」

「…………へぇ、君は面白いね。話を聞こう。入っていいよ。鍵はかけてない」

「失礼します」

俺はドアノブを回し、ゆっくりと家の中へ足を踏み込んだ。

一軒家の中は散らかっていた。

壁は全て本棚で埋まっており、床にも本や書類が散乱している。

並んでいるのは全て魔導書のようだ。

ここは魔法使いのアトリエなのだろうか？

本の山に囲まれて、部屋の中央には大きなベッドがあり、小柄な少女が横たわっていた。

「よくきたね、ユージンくん。ボクの名前は、メディアだ」

不思議な雰囲気を纏《まと》った少女だった。

儚《はかな》げなのに、その身体《からだ》からは魔力《マナ》と闘気《オーラ》が漏れ出ている。

ただこちらを見ているだけなのに、巨大な魔物の眼《め》に晒《さら》されているように感じた。

しかし病人が着るようなダボダボのワンピースを着て、「ケホケホ」と小さく咳《せ》き込む様子は、身体が弱っている印象を受けた。

「はじめまして、ユージン・サンタフィールドです」

「はじめまして。あ、悪いんだけどそれ以上は近づかないで貰《もら》えるかな？」

「なぜですか？」

「やっかいな事情があってね。詳しくは言いたくないんだ。悪いね」

こんな所に住んでいるくらいだ。何か訳ありなんだろう。

俺は細かいことは追及しないように言葉を選んだ。

「わかりました。ところで、あなたは生物部の部長で、ここは生物部の部室ですよね？」

「おや、話を聞いてないのかい。では説明すると見ての通り、ボクは病弱な身体でね。ほとんど学園に通えない代わりにこの部室兼アトリエを使って、魔物の研究発表をして単位を得てるんだ」

「なるほど。そういう理由なんですね」

こうして会話していると、本当に病弱な少女のようにしか見えない。

彼女に先ほど感じた威圧感の正体は何だったのだろうか？

「ところで生物部に入部希望なんだってね。君は何の魔物使い《テイマー》なんだい？」

「……え？」

当然のように聞かれた質問に戸惑う。

「ん？　生物部の入部条件は魔物使い《テイマー》であることだよ……？　知らなかったのかい？」

「知りませんでした」

というかその条件だと俺は入部資格が無いんだが。

「んー、どうして君は生物部に入ろうと思ったんだい？」

「学園長に入るよう言われました。これが紹介状です」

俺は、メディアさんに学園長から預かった封筒を手渡した。彼女は、その封を切り中の手紙に目を通している。

「……ふむふむ、学園長の推薦ねー。あの人、気まぐれだからなぁー、ユージンくんも災難だねー。えーと、生物部の入部条件に『第七の封印牢』に入れる者、という項目を加えよう……って、えっ!?　ユージンくん、禁忌の封印牢に入れるの!?」

メディアさんが目を丸くした。

「昨日、ユーサー学園長と一緒に入りました。なんか恐ろしい神話生物がたくさんいました」

「常人が入ると、正気を保てないはずなんだけど……、なるほどね。学園長が気に入るわけだ……けほっけほっ！」

会話の合間で挟まる咳《せき》が、苦しそうだ。

「大丈夫ですか？　今日は体調がよくなさそうでしたら、出直しますが」

「あぁ、いやいや。今日はいつもより調子がいい。大丈夫だよ」

これで調子がいいのか……？　メディアさんは、何か重い病気なのだろうか？

その時「げほっ！　けほっ！　けほっ！　けほっ！」とメディアさんが、腰を折り曲げ大きく吐血した。

それを見た俺は彼女に駆け寄り、吐血した口にハンカチを添え、背中を擦《さす》った。

その時、メディアさんの目がかっと見開いた。

「近づくなと言っただろう！！！」

返ってきたのは、悲鳴のような大声だった。

「そんなこと言ってる場合じゃ……、医者を呼びますか？」

「いいから早く離れるんだ!!　ボクは呪われているんだ。君にも呪いが移るぞ！」

焦った声で、メディアさんが俺の身体を押しのけようとする。

が、か細い腕の力は子供のようにひ弱だった。

「呪いですか？」

「そうだ！　ボクには神竜の呪いがかかっている。ボクに触れたら、あっという間に皮膚がただれて、身体が動かなくなって…………………………ないね？　ねぇ、ユージンくん。身体に異常はないのかい？」

「そういえば結界魔法が崩れてますね。でも、張り直しているから平気ですよ」

俺の言葉に、メディアさんが目を丸くした。

「……なるほど、学園長が一人でよこしたのはそういうわけかい」

メディアさんがふぅ、と息を吐いた。そして、にぃっと歯を見せて笑った。

「文句なしで合格だよ。ようこそ、リュケイオン魔法学園でもっとも歴史ある部活動、生物部へ。部長であるボクは君を歓迎するよ」

「ありがとうございます。生物部ってそんなに歴史が長いんですか？」

知らなかった。少人数で有名じゃないから、最近できたものだとばかり。

「ふふふ……、入部条件が厳しいからね。学園長と部長の両方の承認を得られないと、入れない」

「何でまた、そんな……」

「おいおい、ここに来るまで何を見たんだい？　少なくとも竜に喰われてしまうような生徒じゃ、入部は許可しないよ」

「なるほど」

そりゃ、そうだ。世話する生物に襲われるようじゃ、話にならない。

「どうやら君には、色々と伝えないといけないことが多そうだ。時間はあるかい？」

「授業を選択するのはこれからなので、今日は空いてます」

「よろしい。では、リュケイオン魔法学園に五十年在籍する私が色々と教えてあげよう」

「五十年!?」

俺は仰天する。

「おやおや、私は学園じゃ、中堅ってところだよ。長い者だと百年を超えて在籍している変わり者もいる。勿論《もちろん》、エルフ族やドワーフ族のような長寿種の連中だけどね。彼らはもう卒業する気はないんだろうなー」

「でも、学費がもったいなくないですか？」

「百階層を突破した生徒は、学費が免除されるよ。知らなかったのかい？」

「……そういえば、そんなルールを聞いたことがある気がします。ては、メディア部長は百階層を突破した、A級探索者ということですか？　それは凄《すご》い……」

最終迷宮《ラストダンジョン》のA級探索者といえば、南の大陸において何よりの名誉だ。俺は目の前の小柄な少女を尊敬の目で見つめた。

「そんな大したことじゃないさ。生物部の部員は全員が百階層を突破している。君だってすぐだよ」

「いえ……俺はそんな……。無理ですよ」

攻撃ができない剣士に、迷宮《ダンジョン》の攻略は難しいだろう。

百階層をクリアできるのは、俺のような普通科の人間でなく学園入試ですば抜けて優秀な結果を出した『英雄科』に所属するような選ばれた生徒だ。俺ではない。

「面白いね、君は。普通、この学園にやってきた新入生はもっと野心に満ちているのに、まるで世捨て人のような目をしている。なのに、ボクの呪われた身体に触っても顔色一つ変えない結界魔法の腕前。実に興味深い。ボクが学園のことを話すから、君のことも教えてほしいな」

「……別に構いませんが、面白い話じゃないですよ」

「それはボクが判断することさ」

「それじゃあ、俺の生まれは東の大陸で……」

「へぇ！　あの、年中戦争ばっかりやってる修羅の大陸かい？」

「故郷が滅んだから、親父《おやじ》と二人で南の大陸へ逃れてきました」

「……それは大変だったね」

同情の目を向けられた。

「俺は幼かったから、ほとんど覚えてないですよ」

「それがいい。戦争の記憶なんて覚えてても、いいことないからね」

メディア部長が断言した。何か、思うところがあるのだろうか。

「あとは……、一応、俺の家系は『剣聖』の血を引いているらしいです」

「ほう！　かの有名な東の大陸の剣聖『ジーク・ウォーカー』かい！　五百年前に、大冒険家クリストと共に東の大陸と南の大陸に一時的に平和をもたらしたという」

「眉唾ですけどね。東の大陸に剣聖の子孫を名乗るやつは、何百人もいますよ」

そんな雑談がしばらく続いた。

それから俺は、メディア部長に様々な学園の出来事やルールを教えてもらった。

話し終えた頃には、夜遅くになっていた。

「そろそろボクは寝るよ。こんなに会話をしたのは久しぶりだ。……けほ」

「すいません、長い時間お邪魔して。身体は大丈夫ですか？」

俺は心配になって聞いた。

「あぁ、とても楽しかったよ。たまには会いに来てくれると嬉《うれ》しい。他の部員はまったく寄り付かなくてね」

「それは随分と薄情ですね」

「まったくだよ。ちょっと竜にかじられたくらいで」

とメディア部長は悲しそうに笑った。……いや、それは駄目だろ。

でも俺はこのおしゃべり好きな部長のところに、また来ようと思った。

在籍期間が長く、天頂《バベル》の塔を百階層まで突破しているベテラン探索者。

その話はもっと聞きたいと思ったからだ。

もっとも、病弱そうな見た目から俺はメディア部長の本当の凄さをわかっていなかった。

南の大陸における天頂《バベル》の塔の記録保持者の名誉は、何よりも重い。

そして、特に上位記録保持者は、学校の教科書に載っているレベルだ。

ユーサー学園長の名前は、当然載っている。

だから、学園入試後に声をかけられた時は非常に緊張した。

しかし、ついさっき長時間雑談をした病弱な小柄な少女。

生物部の部長にして、名前をメディア。気づくべきだった。

天頂の塔《バベル》の記録保持者・十位……メディア・パーカー

俺が彼女の真の凄さを知るのは、もう少し先の話である。

あとがき

大崎アイルです。『攻撃力ゼロから始める剣聖譚《たん》』をお読みいただきありがとうございました。『信者ゼロの女神サマ』シリーズからの読者様、いつもありがとうございます。

今作は最終迷宮《ラストダンジョン》『天頂の塔《バベル》』に挑む探索者をしつつ、リュケイオン魔法学園に通う生徒たちの物語です。作者が迷宮《ダンジョン》モノと学園モノを一緒に書きたかったので、欲張りセットにしてみました。主人公のユージンは、剣の道を一度諦めた少年。国元を離れてやってきた学園で出会った色々な人たちから学びながら、成長していく物語です。

ヒロインたちは『異世界からやってきた転生少女』や『かつて大陸を支配した魔王かつ堕天使』と、少々クセのあるキャラとなっております。ちなみに、作者のお気に入りキャラはユーサー学園長です。彼は色々と隠れ設定が多くて、楽しい人物です。

最後に素晴らしいイラストを描いてくださったkodamazon様、ありがとうございます。『信者ゼロ』に引き続きお世話になっている担当のS様、今回もありがとうございました。

そして、最後まで読んでくださった読者様。これからも『攻撃力ゼロから始める剣聖譚』をよろしくお願いいたします。

作品のご感想、
ファンレターをお待ちしています

あて先

〒141-0031
東京都品川区西五反田 8-1-5 五反田光和ビル4階
オーバーラップ文庫編集部
「大崎アイル」先生係／「kodamazon」先生係

OVERLAP

攻撃力ゼロから始める剣聖譚 1
～幼馴染の皇女に捨てられ魔法学園に入学したら、魔王と契約することになった～

発　行　2023 年 5 月 25 日　初版第一刷発行

著　者　大崎アイル
発 行 者　永田勝治
発 行 所　株式会社オーバーラップ
〒141-0031　東京都品川区西五反田 8-1-5
校正・DTP　株式会社鷗来堂
印刷・製本　大日本印刷株式会社

Printed in Japan　ISBN 978-4-8240-0492-5 C0193

オーバーラップ　カスタマーサポート
電話：03-6219-0850 ／ 受付時間 10:00～18:00（土日祝日をのぞく）

神も運命も蹂躙せよ
竜の寵愛を受けし
「最凶」強欲冒険者
現代ダンジョンライフの続きは
異世界オープンワールドで!
The Continuation of Modern Dungeon Life
Have Fun in an Another World, Like an Open World!
しば犬部隊
illust
ひろせ
大好評発売中!!

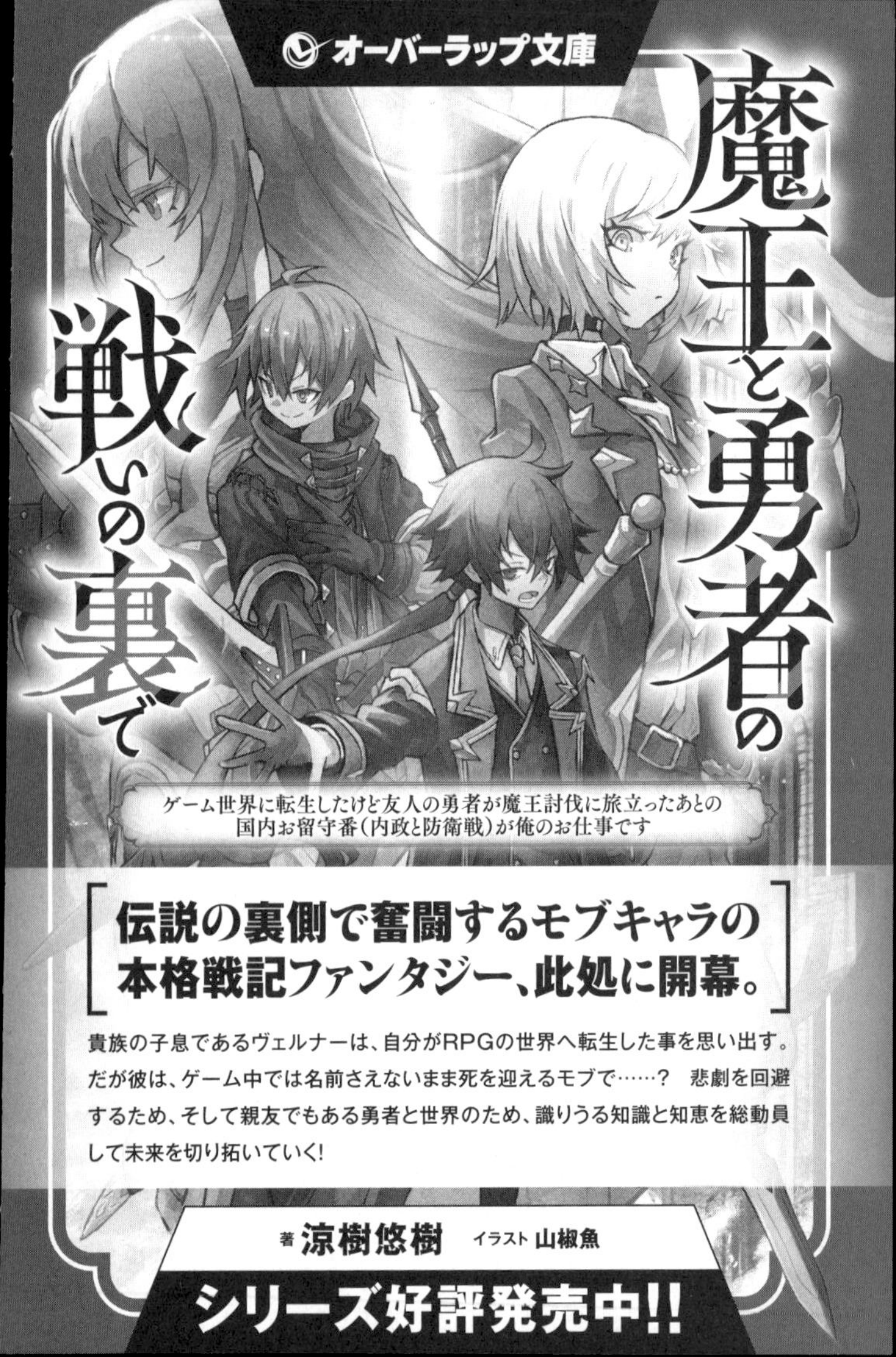
オーバーラップ文庫
魔王と勇者の戦いの裏で
ゲーム世界に転生したけど友人の勇者が魔王討伐に旅立ったあとの国内お留守番（内政と防衛戦）が俺のお仕事です
［伝説の裏側で奮闘するモブキャラの本格戦記ファンタジー、此処に開幕。］
貴族の子息であるヴェルナーは、自分がRPGの世界へ転生した事を思い出す。だが彼は、ゲーム中では名前さえないまま死を迎えるモブで……？　悲劇を回避するため、そして親友でもある勇者と世界のため、識りうる知識と知恵を総動員して未来を切り拓いていく！
著 涼樹悠樹　イラスト 山椒魚
シリーズ好評発売中!!